KB249084

이 책을 재미있게 읽을
나의 소중한 친구

에게
_____

요술 연필 페니 1 놀라운 필통 속 세상

초판 1쇄 발행 2022년 4월 15일

글쓴이 에일린 오헬리 | **그린이** 니키 펠란 | **옮긴이** 공경희
펴낸이 홍성우 | **책임 편집** 김희전 | **디자인** 씨오디 color of dream
펴낸곳 기린미디어 | **등록** 2016년 4월 26일 제 409-2016-000009호
제조국 대한민국 | **주소** 경기도 김포시 모담공원로 17 | **사용연령** 8세 이상
전화 0505-302-2381 | **팩스** 0505-300-2381 | **전자우편** girinmedia@daum.net

ISBN 979-11-91142-44-0 74840
    979-11-91142-43-3 (세트)

Penny the Pencil
Text copyright ⓒ Eileen O' Hely
Illustrations copyright ⓒ Nicky Phelan
First published in the Ireland in 2005 by Mercier Press
All rights reserved.
Korean translation copyright ⓒ 2022 by GIRIN MEDIA
This Korean edition published by arrangement with Mercier Press, Ireland, through
EntersKorea Co., Ltd., Seoul, Korea.

이 책의 한국어판 저작권은 (주)엔터스코리아를 통한 저작권사와의 독점 계약으로 기린미디어가 소유합니다.
저작권법에 의하여 한국 내에서 보호를 받는 저작물이므로 무단전재와 무단복제를 금합니다.

*책값은 뒤표지에 표시되어 있습니다.
*파본이나 잘못된 책은 구입하신 곳에서 바꿔드립니다.
*종이에 베이거나 긁히지 않도록 조심하세요. 책 모서리가 날카로우니 던지거나 떨어뜨리지 마세요.

① 놀라운 필통 속 세상

요술 연필 페니

에일린 오헬리 글 · 니키 펠란 그림 · 공경희 옮김

기린미디어

차례

노바에게
이 책을 바칩니다.

등장인물

사라

랄프

검은 매직펜

수정액

페니

지우개

1

맥페이퍼 문구점

여름 방학 마지막 날이었다. '맥페이퍼 문구점'은 손님들로 북적대고 있었다. 개학을 기다려 온 학부모와 아이들은 참고서며 볼펜, 연필, 자, 지우개, 풀, 스카치테이프, 가위, 필통, 사인펜, 교과서 들을 사느라 바빴다. 학부모와 아이들뿐 아니라 여름 내내 파리를 날린 맥페이퍼 씨와 상점 안에서 팔리기만을 기다려 온 물건들도 신나서 어쩔 줄 몰랐다. 구경하는 손님 하나 없이 선반에 앉아 따분하게 방학을 보낸 끝에, 웃고 떠드는 아이들에게 선택되어 봉지 속에 담기고 있었던 것이다.

머리에 파란 리본을 단 사라도 문구점 구석구석을 구경하는 중이었다. 사라는 할머니와 단둘이 살았는데, 사라네 집은 몹시 가난했다.

"할머니, 할머니! 저기 예쁜 색연필 세트 좀 보세요! 색깔
도 예쁘고 24색이나 돼요. 저거 사도 돼요? 네?"

사라가 간절한 눈빛으로 말했다. 할머니는 지갑을 들여다
보며 얼굴을 찌푸렸다. 남은 돈은 12유로뿐인데, 그 돈으로
사라의 사전까지 사야 했다.

"사전부터 보자꾸나."

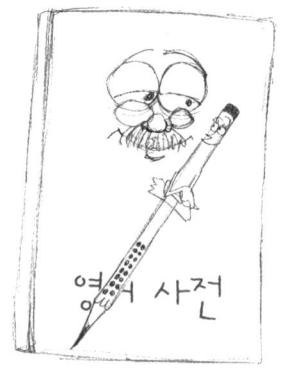

할머니는 사라의 손을 꼭 잡고 색연필 코너에서 데리고 나왔다.

사전 코너에 들어서자 사라가 소리쳤다.

"와, 저기 보세요! 맥페이퍼 아저씨가 특별 행사를 하고 있어요. 색깔 있는 사전을 사면 연필 한 자루를 공짜로 준대요! 전 파란 사전이 맘에 들어요!"

사라가 맨 위 선반 끝에 꽂힌 파란색 사전을 가리켰다. 선반이 너무 높아서 손이 닿지 않았다. 사라보다는 조금 큰 할머니가 팔을 뻗어 사전을 꺼냈다. 할머니는 사전 뒷면에 적힌 가격을 확인했다. 9유로. 사전을 사면 색연필을 사기는 힘들었다. 할머니가 사전을 사라에게 건넸다.

사라가 사전을 펼치며 탄성을 질렀다.

"와아, 단어도 파란색으로 써 있어요! 정말 멋진 사전이에요!"

사라는 그 말을 내뱉고는 "앗!" 하면서 손으로 제 입을 막았다. 혹시 학교 친구가 근처에 있다 이 말을 들으면 큰일이

었다. 공부하는 데 쓰는 사전 같은 걸 멋지다고 하다니.

사라는 색연필은 까맣게 잊고, 얼른 사전을 계산대로 가져갔다. 할머니는 안심하면서 책값을 치렀다. 그리고 사라가 다시 색연필을 떠올리기 전에 얼른 밖으로 데리고 나갔다.

상점 밖에서 단짝 친구 랄프와 마주쳤다. 랄프도 엄마와 쇼핑을 하러 온 참이었다.

"랄프, 방금 산 사전 좀 볼래? 표지가 파란색이고 글자도 파란색이야! 그리고 공짜 연필도 붙어 있어!"

사라는 랄프에게 사전을 보여 주었다.

"너한테 필요한 게 바로 이거야, 랄프. 받아쓰기에 도움이 되겠어."

랄프 엄마가 말했다. 그러자 랄프가 얼굴을 찡그렸다. 자기가 받아쓰기를 썩 잘하지 못한다는 걸 잘 알고 있었지만 (솔직히 말하면 덧셈이나 다른 공부도) 엄마가 남들 앞에서 그런 얘기를 하니 창피했다.

"난 빨간색이 좋은데……."

랄프가 신발 코를 내려다보면서 중얼댔다.

사라도 뭐라 대꾸할지 몰라 덩달아 땅바닥을 봤다.

"볼일이 많을 텐데 우리가 이렇게 붙잡고 있으면 안 되지. 우린 가 보자, 사라."

아이들이 말없이 조용해진 것을 알아챈 할머니가 말했다.

"쯧쯧."

늙고 현명한 빨간색 사전이 지도책이 놓인 선반 너머로 문구점 문간에서 오가는 대화를 듣고 혀를 찼다. 그리고는 테이프로 자기 몸에 딱 붙은 공짜 연필에게 말했다.

"세상이 어찌 돌아가는 거야? 단어 뜻을 설명한 수준이 아니라 색깔로 사전을 고르다니……."

공짜 연필 '페니'가 말했다.

"기운 내세요. 이제 파란 사전이 다 팔렸으니까, 곧 빨간색을 좋아하는 사람이 와서 우릴 사 갈 거예요! 문간에 있는 저 남자애가 그럴지도 모르잖아요."

페니는 통로를 오가는 사람들을 잘 보려고 몸을 비틀었지만, 사전에 테이프로 꽉 붙어 있어서 움직이기 힘들었다.

"빨간색을 좋아하는 사람이 와서 우릴 사 갈 거라고? 여름 내내 가르쳤는데 대체 뭘 배운 거냐?"

사전이 화를 냈다.

"네……, 뭐라고요?"

페니는 희망에 들떠서 손님들을 보는 데 정신이 팔려 있었다.

사전이 못마땅한 듯 말했다.

"인간들이란……, 사전 하나 제대로 못 고르면서 다들 인생의 의미를 찾겠다고 설치지. 나를 집어서 427쪽을 찾아보면 알 수 있는데 말이야……."

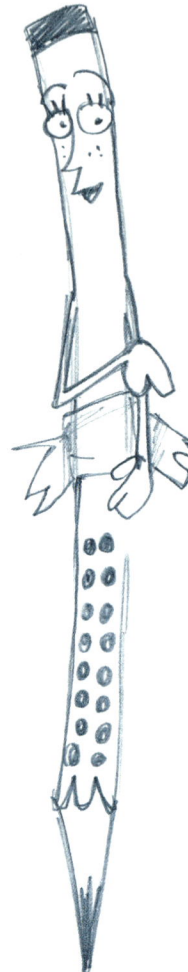

페니는 사전이 이런저런 단어의 뜻을 지루하게 읊는 데 익숙했다. 사실 여름 내내 사전에게 많은 것을 배웠다. 단어의 뜻과 맞춤법에 대해서! 하지만 오늘 문구점은 들어오는 손님 하나 없던 다른 날과는 달랐다. 문구점은 손님들로 북적댔고, 페니는 금방이라도 어떤 아이가 사전과 자기를 가리키며 엄마에게 사 달라고 조를 것만 같았다.

페니는 통로를 지나는 아이들을 보느라

몸을 비틀며 말했다.

"보세요, 사전 할아버지. 이제 곧 누군가 우리를 살 거예요! 저기 머리에 분홍 리본을 단 여자애거나 파란 트럭을 든 남자애가……."

하지만 페니가 말을 마치기도 전에 누군가 확 잡아당기는 것 같더니, 환한 빛이 들어 눈을 뜰 수 없었다.

"무슨 일이죠?"

페니는 불안해서 사전에 더 바짝 달라붙으려고 안간힘을 썼다. 그런데 갑자기 다시 사방이 어두  워지며 조용해졌다. 들리는 소리라 곤 사전의 웃음소리뿐이었다.

"뭐가 그리 우스워요? 뭐가 그렇게 재미있는데요?"

페니가 뾰로통하게 물었다.

게다가 사전이 몸을 흔들며 웃는 바람에 페니는 어질어질했다.

"그만 좀 하실래요?"

몸이 점점 심하게 흔들리자 페

니가 짜증을 냈다.

"난 웃음을 그쳤는데."

사전은 웃음을 그쳤지만 흔들림은 여전했다.

"그런데 왜 계속 흔들리죠? 또 왜 이리 어두운 거예요? 지도책들은 다 어디 갔죠?"

페니는 멀미가 나고, 몹시 겁도 났다.

"내 생각엔 말이다……. 지도책은 선반에 그대로 있는데 우리가 바구니에 담겨 계산대로 가는 중일 게다."

사전이 차분한 말투로 페니를 안심시켰다. 페니가 긴 단어의 뜻을 헷갈려 할 때면 지금처럼 설명해 주곤 했다.

"그러니까……."

페니가 다시 입을 열었다. 어찌나 신나던지 어지러운 것도 잊었다.

"맞아. 누군가 우릴 사는 거지!"

사전이 말했다.

언제나 현명하고 차분하던 사전이지만, 페니가 듣기에 사전도 약간 흥분한 것 같았다.

갑자기 '쾅' 하는 소리와 함께 흔들림이 멈추었다.

사전이 앓는 소리를 냈다.

"조심해, 랄프! 계산대 유리를 깨뜨릴 셈이니?"

여자 어른의 목소리가 들렸다.

"죄송해요, 맥페이퍼 아저씨."

남자아이가 말했다.

"괜찮다, 랄프."

맥페이퍼 씨가 싱긋 웃으며 대답했다.

"오늘 아침엔 이 계산대를 거쳐 간 책이 많단다. 오늘은 뭘 사니?"

랄프의 쇼핑 바구니를 받아 들며 맥페이퍼 씨가 물었다.

또다시 누군가 잡아당기는가 싶더니, 천장의 밝은 불빛 때문에 페니는 앞을 제대로 볼 수 없었다.

"아, 빨간 사전이구나. 파란색이 더 인기 있는데."

맥페이퍼 씨가 말했다.

"저는 빨간색이 제일 좋거든요."

랄프가 대답했다.

봉투에 담기기 전, 페니는 빨간 머리 남자아이를 힐끗 보았다. 초록색 눈에 주근깨가 다닥다닥 난 아이는 빨간 티셔츠를 입고 있었다.

"랄프, 사전이 빨간색이어서 사는 게 아니야. 받아쓰기에 도움이 되라고 사는 거지."

랄프 엄마가 엄하게 말했다.

"받아쓰기가 어려운가 보구나?"

맥페이퍼 씨가 안경 너머로 랄프를 보면서 물었다.

랄프는 땅바닥을 보면서 고개를 끄덕였다.

"그렇게 실력이 없지 않을걸. 내가 문제를 낼 테니 써 볼래? 막대 사탕!"

맥페이퍼 씨가 즉석에서 받아쓰기 문제를 내자, 랄프가 계산대 위에 손가락으로 썼다.

"거봐, 내가 뭐랬니! 잘하잖아."

맥페이퍼 씨는 웃으면서 랄프에게 빨간색 막대 사탕을 주었다. 그러곤 한마디 덧붙였다.

"중요한 단어는 척척 맞히잖니! 내일 개학하면 즐겁게 지내려무나."

랄프 엄마가 사전값을 내고 봉투를 집어 들었다. 다시 온몸이 흔들렸지만, 페니는 이제 멀미가 나지 않았다. 이 아이와 함께 집에 가는 게 행복했다.

'나를 필통에 넣어서 학교에도 데려가고, 손에 쥐고 글씨도 쓰겠지?'

페니는 몹시 설레었다. 최선을 다해 랄프가 받아쓰기를 잘하도록 돕겠다고 마음먹었다.

2

필통

랄프는 집에 도착하자 곧장 방으로 달려가
서 봉투에 담긴 페니와 사전을 꺼냈다. 스카
치테이프가 붙은 채로 페니를 사전에서 뜯어
낸 다음 필통에 넣었다. 그러고는 사전을 펼
쳐서 단어 공부를 시작했다.

　페니가 주변을 살피려고 고개를 내밀
었을 때, 우렁찬 목소리가 들려왔다.

　"거기 너! 새로 온 연필이군. 이리 나와
봐. 이름이 뭐야?"

페니는 목소리를 향해 천천히 몸을 돌렸다.

　덩치가 큰, 검은색 매직펜이었다. 몸통에는
'독재자'라고 써 있고, 자기가 매우 중요한 존재

인 양 눈에 잔뜩 힘을 주고 있었다.

검은 매직펜이 얼굴을 찌푸리며 다시 말했다.

"내 말 안 들리나? 이름을 물었잖아!"

"페, 페니라고 해."

페니가 모기만 한 목소리로, 자기도 모르게 더듬거리며 대답했다.

색연필, 크레용, 형광펜, 매직펜 들이 호기심 가득한 눈초리로 페니를 쳐다봤다.

검은 매직펜이 물었다.

"맥페이퍼에서 왔나?"

"저기……, 응."

페니가 대답했다. 자신감 없는 목소리였다.

"다른 볼펜, 연필, 크레용, 유성펜, 형광펜, 지우개 따위도 같이 왔나?"

페니는 잠시 생각해

야 했다.

"아니, 사전만 함께 왔어."

"사전? 이봐, 노랑아! 사전이 뭐야?"

키 작은 초록 색연필이 옆에 있는 키 큰 노란 색연필에게 속삭였다.

"책이야."

노란 색연필이 짧게 대답하고는 숨죽여 웃었다.

"아, 책이구나!"

초록 색연필도 따라 웃었다.

"조용히 해! 모두 있으니 이제 회의를 열겠다."

검은 매직펜이 소리를 빽 지르자, 초록 색연필이 중얼댔다.

"또 회의래! 매직펜들이 오기 전에는 회의 없이도 잘 살았잖아. 랄프가 필통을 열면 우린 줄 맞춰 있다가, 랄프가 원하는 걸 쓰거나 그렸어. 랄프가 그림 그리기나 글쓰기를 끝내면, 우린 필통으로 들어가면 됐고. 간단하잖아. 지겨운 회의 따위가 왜 필요해……"

사납게 생긴 지우개가 매서운 눈으로 노려보자, 초록 색연필은 입을 다물었다.

검은 매직펜이 인상을 쓰면서 계속 회의를 진행했다.

"다들 알다시피, 내일이면 여름 방학이 끝나고 새 학기가 시작된다. 랄프는 우리를 필통에 담아 매일 학교에 데려갈 거고, 수업 시간에 글씨를 쓰거나 그림을 그리려고 우리를 내놓을 거다. 새로 온 필기구가 있으므로 다시 규칙을 말하겠다!"

검은 매직펜이 빤히 쳐다보자 페니는 괜히 창피한 기분이 들었다.

검은 매직펜이 말을 이었다.

"규칙 1항! 랄프가 필통을 여는 즉시, 모든 말과 동작을 멈춘다. 필통이 열려 있는 동안에도 마찬가지다."

"규칙 2항! 랄프의 손이 움직이지 않는 한 볼펜, 연필, 크레용, 매직펜, 유성펜, 형광펜 그 누구도 절대 무언가를 쓰거나 그리지 않는다. 여기에는 줄 밖으로 나온 색칠을 고치는 것, 잘못 쓴 철자를 고치는 것도 포함된다. 물론 랄프는 지우개의 도움으로 스스로 잘못 그리거나 쓴 걸 고칠 수 있다."

검은 매직펜은 심술궂게 생긴 지우개를 턱으로 가리키며 덧붙였다.

"심한 경우에는 수정액을 쓰겠지만……."

그렇게 말하면서 검은 매직펜은 몸을 약간 떨었다.

모든 필기구들의 눈이 구석에 웅크리고 있는 수정액에게 쏠렸다. 수정액은 내용물이 병 밖으로 잔뜩 흘러나와 상표의 글자도 알아보기 힘들 정도로 지저분했다. 페니는 다른 필기구들이 수정액을 별로 좋아하지 않는다는 것을 눈치챘다.

검은 매직펜이 계속 말했다.

"규칙 3항! 규칙을 어기면 누구든 당장 필통에서 쫓겨난다!"

겁먹은 필기구들이 웅성거렸다. 검은 매직펜과 지우개만 말없이 필기구들을 둘러보았다. 수정액은 몸을 덜덜 떨었고, 그 바람에 내용물이 흘러나와 상표를 아예 덮어 버렸다.

페니는 달려가 수정액을 도와주고 싶었지만, 수정액이 속삭였다.

"거기 있어. 네가 나랑 얘기하는 걸 알면 아무도 너랑 친구 하려 들지 않을 거야!"

페니가 무어라 대꾸하기도 전에 수정액은 몸을 홱 돌렸다.

검은 매직펜이 큰 소리로 말했다.

"자, 모두 잠자리에 들도록. 개학 첫날은 힘든 하루가 될 거다. 랄프가 우리를 쓰고 싶어 할 때 최상의 상태여야만 해!"

페니는 모든 필기구들이 수정액과 가능한 한 멀리 떨어지려 하는 것을 알았다. 수정액이 가여워서, 다른 필기구들 모르게 수정액 가까이 누웠다. 사전 할아버지가 그리웠다. 문구점에 있을 땐 어두워지면 사전

과 두런두런 이야기를

나누고 단어들을

써 보곤 했

는데…….

　페니는 몸에 붙어 있던 스카치테이프를 당겨 덮고, 수정액
이 조용히 흐느끼는 소리를 들으며 잠들었다.

3

개학 첫날

잠에서 깬 페니는 아침이라는 게 믿기지 않았다. 문구점에 있을 땐 아침이면 맥페이퍼 씨가 커튼 여는 소리가 나고 햇살이 상점을 가득 채우곤 했다. 그런데 오늘 아침은 아직도 사방이 어두웠다. 그러다 갑자기 필기구들이 페니의 몸 위로 밀려들면서 필통 벽이 불룩해졌다.

"랄프! 가방은 다 챙겼니?"

필통 밖에서 소리가 났다. 랄프 엄마의 목소리 같았다.

"네! 방금 필통을 넣었어요!"

'꽝!' 하는 소리가 나더니, 방금 전까지 페니를 누르고 있던 필기구들이 저쪽으로 굴러갔다.

"무슨 일이야?"

페니가 어둠 속에서 희미하게 보이는 수정액에게 물었다.

필기구들이 서로 부딪치는 와중에 수정액 옆으로 밀려온 것
이었다.

"랄프가 우리를 책가방에 넣은 거야. 누가 보기 전에 얼른
저리로 굴러가!"

수정액이 소곤댔다.

페니는 시키는 대로 했다. 수정액은 다른 필기구들보다 친절해 보였다. 적어도 페니와 말은 했으니까. 페니는 좀 더 얘기를 나누고 싶었지만, 수정액이 이미 몸을 돌려 벽을 보고 있었다.

학교까지 가는 길은 그다지 재미있지는 않았다. 쉴 새 없이 덜컹댔고, 다른 필기구들과 자꾸 부딪혔다. 한번은 밀리고 밀려서 필통 옆면에 딱 닿았는데, 필통 옆에 뭐가 들었는지 차가웠다. 페니는 몸을 따뜻하게 하려고 스카치테이프를 덮었다.

"얼린 음료수일 거야. 랄프 엄마가 개학 첫날 꼭 챙겨 주시거든."

페니가 이를 덜덜 떨자 수정액이 말해 주었다. 잠시 후 겨우 몸이 녹자, 페니는 필통이 더 이상 흔들리지 않는 것을 알아차렸다. 다른 필기구들이 얌전히 줄을 서고 있었다. 페니가 분홍 색연필 뒤로 가 서자마자, 검은 매직펜과 지우개가 오락가락하면서 떠드는 필기구가 없는지 확인했다.

"첫 수업이 곧 시작될 것이다. 모두 규직들을 잊지 말고 입 다물도록!"

검은 매직펜은 어젯밤 회의 때 떠들던 키 작은 초록 색연 필을 걷어차며 말했다. 어젯밤보다는 조용히 말했지만 여전히 교장 선생님 같은 말투였다.

검은 매직펜이 말을 마치기 무섭게, 지퍼 열리는 소리가 나면서 처음으로 필통에 햇빛이 들어왔다. 페니는 웬 손 하나가 들어와 필기구들을 이리저리 옆으로 제치는 것을 보았다. 그래서 손을 피해 필통 저 아래쪽으로 숨으려고 애썼다. 손가락들이 색연필 몇 개를 쥐더니, 필통에서 사라졌다. 그러자 필통 안이 넉넉해졌다. 페니는 안도의 한숨을 쉬고, 빈 공간으로 굴러갔다.

그런데 눈을 두 번 깜빡이고 나니 아까 그 손이 다시 들어와 있지 뭔가! 손은 점점 다가오더니 엄지와 다른 두 손가락으로 페니를 감쌌고……, 정신을 차렸을 때 페니는 이미 공중에 들려 있었다!

"어머, 내 새 연필이랑 똑같다!"

낯익은 여자아이의 목소리가 들렸지만, 페니는 눈이 부셔서 누구인지 알아보지 못했다.

"사전에 공짜로 딸려 온 거야!"

페니가 듣기에 랄프의 목소리 같았다. 몸통을 쥔 손과 팔을 쭉 올려다보니, 랄프의 몸통이 보였다. 페니가 생긋 웃었지만 랄프는 얼굴을 찌푸렸다.

"왜 그러는데?"

여자아이가 물었다.

"연필이 자꾸 손에 달라붙잖아."

랄프가 툴툴거렸다.

"이리 줘 봐."

여자아이가 랄프에게서 페니를 빼앗
았다. 그러고는 페니 몸에 붙어 있던
스카치테이프를 휙 잡아당겼다. 페니
는 '찌지지직' 하는 소리를 들었고,
갑자기 몸통이 허전해지는 기분이
들었다.

"됐다."

여자아이는 페니를
랄프에게 건네고서 뜯
어낸 스카치테이프를
돌돌 말았다.

"고마워, 사라. 훨씬
낫다."

랄프가 페니를 꼭 쥐었다.

페니가 정신을 차리기도 전에, 랄프가 페니의 발가락을 종이에 대고 질질 끌고 다녔다. 밑을 보니 자기가 종이에 검은 꼬리를 남기고 있었다. 페니는 고개를 들어 랄프를 보았다. 랄프가 혀를 빼물고 잔뜩 집중하고 있었다.

페니는 랄프의 손이 움직이는 곳을 내려다보다가, 종이 끄트머리에 다 왔음을 알았다. 랄프가 당장 멈추지 않으면 페니가 책상에 검은 자국을 남기기 일보 직전이었다!

마지막 순간, 랄프는 페니를 들어서 종이의 앞쪽으로 데려갔다. 하지만 그곳은 페니가 처음 발을 댄 자리가 아니었다. 페니가 지나가며 남긴 줄과 새로 발가락이 닿은 자리 사이에는 파란 줄이 있었다. 첫 줄을 자세히 보다가, 문득 검은 실오라기 같은 것이 무척 익숙하다는 생각이 들었다.

그것은 단어였다! 글자를 쓰고 있었던 것이다!

페니는 으쓱하며 단어를 보다가 철자가 틀린 곳을 찾아냈다.

'저러면 안 되는데! 사전 할아버지가 알면 뭐라고 할까?'

페니는 얼른 랄프가 쓰고 있는 새 단어를 보았다. '낚시'였다. 하지만 랄프는 첫 글자의 받침을 'ㄲ'이 아니라 'ㄱ'으로 써 놓았다! 페니는 랄프가 받침을 제대로 쓰게 하려고 발길질을 힘껏 했다. 랄프의 손이 움직일 때 페니는 발길질을 하고, 펄쩍펄쩍 뛰고, 온몸을 흔들기도 하고, 미끄럼을 타면서 '낚시'가 되게 서들었다.

마침내 랄프는 지친 페니를 내려놓고, 종이를 집어 교탁으로 갔다.

스워드 선생님이 말했다.

"잘했구나, 랄프! 첫 줄에서 겨우 두 군데 틀리고 나머지
는 다 맞았다. 대단한걸!"

랄프는 괜히 으쓱해서 얼굴을 붉히며 자리로 돌아갔다.
종이 아래쪽에 큼직한 금별 스티커가 붙어 있고, 옆에는 초록색으로 '참 잘했어요.'라고 써 있었다. 페니도 덩달아 어깨가 으쓱했다.

마침내 종이 울리자, 랄프는 페니와 색연필들을 필통에 넣었다. 필기구들 모두 첫 시간에 대해 수다를 떨다가, 페니 위로 검은 그림자가 드리우자 갑자기 필통 안은 쥐 죽은 듯 조용해졌다.

페니는 천천히 몸을 돌렸다. 검은 매직펜이 괘씸하다는 표정으로 버티고 서 있었다. 지우개도 옆에 서서 이를 드러내며 페니에게 으르렁댔다.

"어이, 연필 페니!"

검은 매직펜이 큰 소리로 불렀다.

"나? 왜, 왜에?"

페니는 지난밤보다 몸이 확 줄어든 기분이었다.

"확실한 소식통에 의하면, 오늘 아침 랄프가 받아쓰기에서 '참 잘했어요.'를 받았다더군. 그게 사실인가?"

"맞아."

페니는 밝은 얼굴로 대답했다. 그러면서도 그게 마치 안 좋은 일인 양 말하는 검은 매직펜을 이해할 수 없었다.

"그리고 랄프가 사용한 연필이 너였나?"

검은 매직펜이 비웃듯 물었다.

"응, 그렇지!"

페니가 뿌듯한 목소리로 대답했다.

"너는 랄프가 단어 쓰는 걸 도와주었고?"

검은 매직펜이 다정한 척하며 물었다.

"음, 그게……. 내가 여기저기 발길질을 좀 해서……."

페니는 얌전히 설명하다가 검은 매직펜 왼쪽에서 수정액이 페니를 향해 급히 고개를 젓고 있는 것을 보고 얼버무렸다.

"규칙 2항을 잊었군!"

검은 매직펜이 버럭 소리를 질렀다. 소리가 어찌나 큰지 다른 필기구들이 겁을 먹고 모여들었다. 페니는 뭐라 말해야 좋을지 몰랐다. 겁나고 지쳐서 규칙 1항조차 기억나지 않았다.

"규칙 2항이 뭔데?"

페니가 기어 들어가는 소리로 물었다.

"규칙 2항! 랄프의 손이 움직이지 않는 한 볼펜, 연필, 크레용, 매직펜, 유성펜, 형광펜 그 누구도 절대 무언가를 쓰

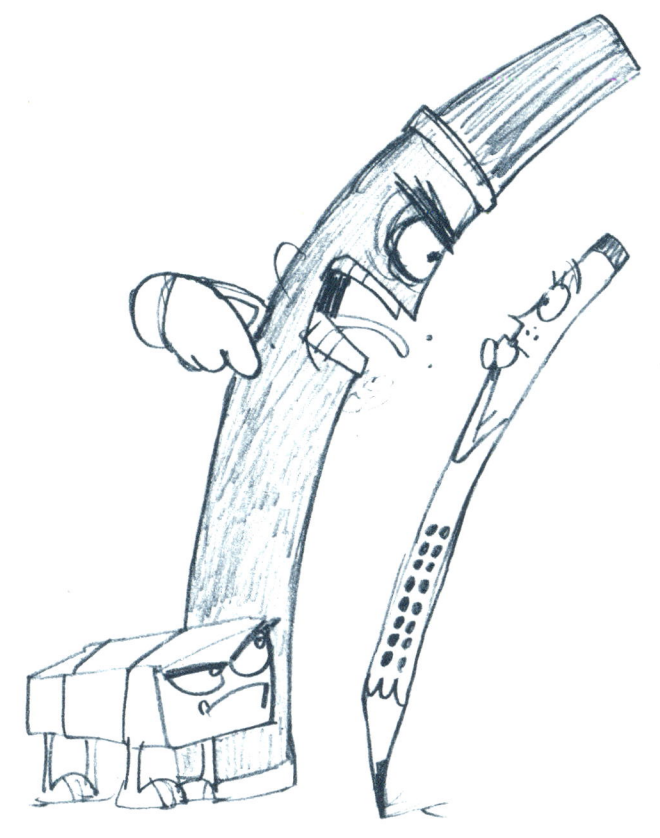

거나 그리지 않는다. 여기에는 줄 밖으로 나온 색칠을 고치
는 것, 잘못 쓴 철자를 고치는 것도 포함된다!"

검은 매직펜은 필통 안이 쩌렁쩌렁 울리도록 호통을 쳤다.

페니는 몸이 벌벌 떨리기 시작했다. 다른 필기구들도 와들
와들 떨었다.

검은 매직펜은 몸을 홱 돌려, 그날 아침 페니 옆에 서 있던 낡은 분홍 크레용을 걷어찼다.

"자, 그럼 규칙 3항은 뭐지?"

"규칙을 어기면 누구든 당장 필통에서 쫓겨난다……."

분홍 크레용은 매직펜도 페니도 똑바로 보지 못하고 중얼댔다.

페니는 자기가 규칙을 어겨서 쫓겨나게 생겼다는 것을 퍼뜩 알아차렸다! 검은 매직펜이 거만하게 페니를 내려다보았고, 지우개는 필통을 열려고 지퍼 쪽으로 다가갔다.

"잠깐만!"

페니는 누구 목소리인지 금방 알아채지 못했다. 그런데 바로 수정액이었다. 지금껏 수정액이 소곤대는 소리만 들었을 뿐, 이렇게 크고 또렷하게 말하는 걸 듣기는 처음이었다.

검은 매직펜이 몸을 홱 돌렸다.

"너였나, 수정액?"

매직펜은 눈을 가늘게 뜨고, 입꼬리를 올리며 비웃었다.

"그래."

수정액은 어젯밤보다 훨씬 용감해 보였다.

"페니는 새로 왔고, 어제 힘든 하루를 보냈어. 어떻게 첫날부터 완벽할 수 있겠어? 누구나 실수를 할 수 있잖아."

수정액이 검은 매직펜에게 또박또박 말했다.

페니는 제대로 보았는지 자신은 없었지만, 순간 검은 매직펜이 살짝 움찔하는 것 같았다. 다른 필기구들은 미처 눈치채지 못하고, 다들 수정액만 노려보았다.

"좋다!"

검은 매직펜은 큰 소리로 외치더니, 페니에게 고개를 확 돌리며 말했다.

"이번 한 번만 봐주도록 하지. 하지만 너든 누구든 규칙을 어기면 당장 추방당할 줄 알아!"

날카로운 눈초리로 사방을 둘러보며 검은 매직펜이 모두를 향해 호통쳤다.

4

좋은 시절

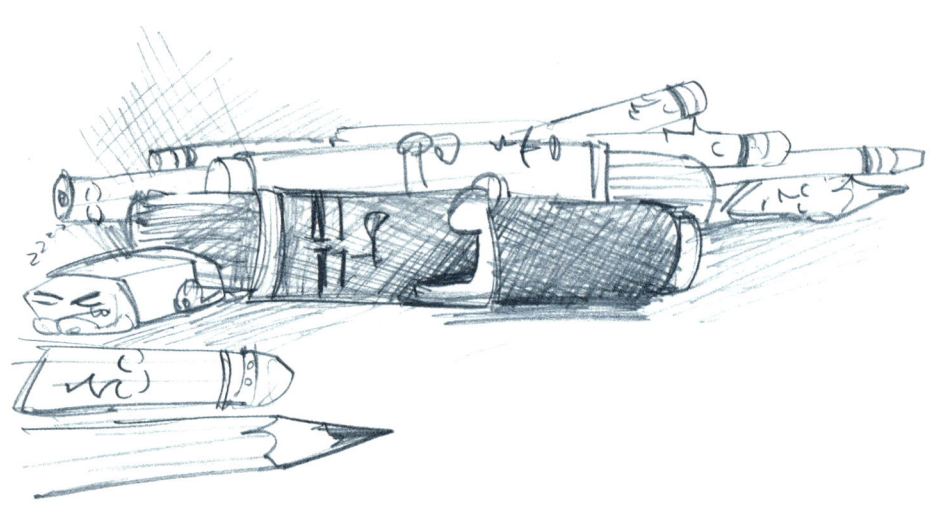

그 후 며칠간 페니는 검은 매직펜 근처엔 얼씬도 하지 않았다. 다른 필기구들이 상대해 주지 않자, 페니는 이런 취급을 당하느니 필통 밖으로 쫓겨나는 게 차라리 낫겠다고 생각했다. 수정액도 처음에는 말을 걸지 않았는데, 다른 필기구들이 페니에게 불친절한 걸 알고는 태도를 바꾸고 친구가 되어 주었다.

어느 날 밤이었다. 밤늦도록 수다를 떠는 노란 색연필과 조록 색연필만 빼고, 필기구들이 모두 잠자리에 들자 수정액은 페니에게 필통에서의 좋았던 시절 이야기를 해 주었다.

"매직펜들이 들어오기 전에는 모든 게 좋았지. 연필들은 크레용들과 놀았고, 우린 모두 친구였어. 그런데 갑자기 매직펜들이 왔지. 크고 번쩍거리는 데다, 자기들은 뚜껑이 있으니 연필이나 크레용보다 대단하다고 생각했어."

수정액이 코웃음을 치더니 말을 이어 갔다.

"매직펜들은 뚜껑을 무척 자랑스러워했어. 다른 필기구들보다 키가 훨씬 커 보이게
해 주었으니까 말야. 매직
펜이 뚜껑을 벗으면 아주
이상한 냄새가 났지.
머리가

띵해지는 연필도 있었다니까! 선을 벗어나 제멋대로 색칠하
질 않나, 아주 기고만장했지!"

페니는 검은 매직펜을 힐끗 쳐다보았다. 코를 골며 곤히
잠들어 있었는데, 매직펜들과 다른 필기구들 사이에 누워
아무도 건너가지 못하게 벽 구실을 하고 있었다. 검은 매직
펜이 코를 골면 몸통이 아래위로 흔들리며 뚜껑에 부딪쳤
고, 바로 옆엔 지우개가 검은 매직펜 뚜껑에 착 달라붙어 자
고 있었다. 페니는 누군가 검은 매직펜 쪽으로 굴러가면 지
우개가 깨서 달려든다는 것을 알았다. 그 생각을 하니 자기
도 모르게 몸이 떨렸다.

수정액이 다시 입을 열었다.

"매직펜은 색연필보다 훨씬 진했고, 얼마 지나지 않아 랄
프는 매직펜들만 쓰게 됐지. 가끔 매직펜을 꾹 눌러써서 종
이 뒷면까지 색이 번졌지만, 랄프는 그래도 색칠하는 데 매
직펜을 즐겨 썼어. 당연히 색연필들은 못마땅해했지만, 누
구도 어쩔 수가 없었지. 랄프가 필통을 열 때마다 색연필들
은 지퍼 앞에 있으려고 매직펜들과 몸싸움을 벌였어. 하지
만 랄프는 매직펜을 집느라 거치적거리는 것들을 치울 때나

색연필을 만졌지."

페니는 처음 랄프의 손이 들어와서 뒤적일 때, 필통 바닥
에 숨었던 일을 떠올렸다.

"그래서 다들 날 좋아하지 않는 거야? 랄프가 날 가지고
글씨 쓰는 걸 좋아해서?"

페니가 조용히 물었다.

수정액은 다정하게 바라보면서도 대답은 하지 않았다.

"그 무렵에는 단연코 매직펜이 선택됐고, 잠시 분위기가 좋
았지. 사실 색연필들은 더 행복해했어. 색칠은 자주 못 해도
대신 자주 깎이지 않아도 된다는 걸 알게 됐거든."

"깎이다니?"

페니 목소리를 듣고 노란 색연필이 설핏 잠을 깼다. 잠결에 들린 소리 때문에 겁이 났는지 두리번대다가, 빨간 색연필과 파란 색연필 사이를 파고들었다. 수정액이 엄한 표정을 지었다.

"미안. 그런데 깎이는 게 뭐야?"

페니가 이번엔 소곤소곤 물었다.

"연필은 뭉툭해지면 깎이게 되지."

페니는 뭉툭한 게 뭔지는 알았다. 연필심이 짧고 무뎌져 쓸 수 없게 되는 것이었다.

"그런데 깎이는 건 좋은 일 아닌가? 깎이고 나면 더 잘 써지잖아. 나도 빨리 깎이고 싶다!"

그러자 수정액이 얼굴을 찌푸린 채 고개를 절레절레 저으며 말했다.

"쓰고 그리기엔 좋지만, 몹시 아프거든."

"아……"

페니는 아프다는 말을 듣자 어쩐지 깎이고 싶은 마음이 사라졌다. 그래서 물어보았다.

"어떻게 깎이는데?"

"뭉툭해진 연필심 쪽을 연필깎이에 넣고 비틀어 대지."

"연필깎이는 뭘 하는데?"

호기심이 동한 페니의 목소리가 커졌다.

주변에는 연필들이 바싹 붙어 자고 있었다.

수정액이 다시 얼굴을 찌푸렸다.

"미안, 미안!"

페니가 소곤댔다.

"연필깎이는 연필의 바깥쪽 나무를 잘라 내고 심을 뾰족하게 갈지. 굉장히 고통스러워. 깎이고 난 연필은 몇 밀리미터는 짧아져서 나온다고!"

수정액이 속삭였다.

페니는 색연필들이 저마다 키가 다른 이유를 그제야 알게 되었다.

"나는 언제쯤 깎이게 될까?"

페니가 아주 조용히 물었다.

"랄프가 요즘처럼 자주 쓴다면 금방 깎이게 될 거야!"

수정액은 필통 벽에 있는 잉크 번진 자국으로 눈길을 돌려 걱정에 잠긴 페니의 눈을 피했다.

불안해진 페니가 또 물었다.

"그렇구나. 그럼 매직펜들은? 쟤들은 키가 다 같잖아. 매직펜도 깎여?"

"아니. 매직펜은 잉크와 플라스틱으로 되어 있어. 그러니 깎을 필요가 없지."

"그럼 검은 매직펜이 날 그렇게 미워하는 이유는 뭐야?"

수정액이 서글픈 표정으로 고개를 저었다.

"몰라. 매직펜이 아닌 건 다 싫은가 봐. 진짜 건방진 녀석들이지. 하지만……."

수정액은 하품을 하더니 하려던 말을 멈추었다.

"너무 늦었어. 내일은 글씨를 많이 쓰는 하루가 될 거야. 어서 자는 게 좋겠다."

수정액이 몸을 굴려 등을 돌렸다.

페니는 수정액이 아직 하지 않은 말이 많다는 걸 알았다. 페니는 묻지 못한 질문들이 머릿속을 맴돌아서 한참 후에야 잠들었다.

마침내 페니가 쌕쌕거리며 잠이 들자, 수정액은 몸을 돌려 페니가 안전하고 따뜻하게 자는지 확인했다.

5

뛰어난 방법

페니는 아무리 애써도 수정액에게서 매직펜들에 대해 더
알아내지 못했다. 여러 번 물어봐도 수정액은 딴 이야기를

꺼내기 일쑤였다. 예를 들면, 랄프에게 철자법을 가르칠 기막힌 방법에 대한 이야기로 페니의 관심을 돌리곤 했다.

어느 날 랄프는 수정액, 페니, 사전을 책상에 둔 채 문제집 검사를 받으러 교탁으로 나갔다. 요즘 랄프는 필통을 꼭 닫아 두는 편이었다. 랄프와 사라의 뒤에 앉은 장난꾸러기 버트가 몰래 필통을 바닥에 떨어뜨리곤 했는데, 그럴 때면 안에 든 필기구가 바닥에 와르르 쏟아지기 때문이었다. 그래서 안전에 주의해야 했지만, 사전은 랄프가 없는 틈을 타서 페니에게 잔소리를 늘어놓았다.

"여름 내내 너한테 단어를 가르쳤는데, 랄프가 그렇게 엉터리로 쓰게 내버려 두다니! 어째 그러냐?"

사전이 꾸짖었다.

페니는 다급해서 소리쳤다.

"벌써 말했잖아요. 랄프를 도울 수가 없다니까요! 그럼 전 필통에서 영원히 추방당한다고요. 검은 매직펜이 어떤지 아시잖아요!"

억울한 페니는 눈물이 날 지경이었다. 랄프가 엉터리 철자를 쓰는 것은 가슴 아팠지만, 틀린 글자를 자기가 고쳐 줄 수도 없는 입장이었다.

버트가 문제집을 갖고 나가다가 일부러 책상에 부딪쳐 랄프의 필통을 떨어뜨렸다. 수정액은 이 틈을 타 사전과 페니가 입씨름을 벌이는 데로 굴러갔다.

수정액이 일어나면서 물었다.

"제가 제안을 하나 해도 될까요?"

"뭐지?"

사전이 못마땅한 듯 말했다.

그는 페니의 새 친구를 시샘했고, 수정액이라는 것도 탐탁지 않은 모양이었다. 애초에 글자를 제대로 써야지, 쓰는 사람이 잘 모른다고 지워 주는 게 말이 되나 싶었던 것이다.

"랄프의 실수를 무조건 고쳐 주지만 말고, 우리가 힘을 합해서 맞춤법을 가르치는 거예요."

수정액이 말했다.

"참 대단한 발상이군! 랄프의 부모님과 선생님들이 몇 년간 그러려고 애썼지! 그런데 수정액 선생, 인간 전문가들도 못한 일을 우리가 어쩌자는 건가?"

사전이 비꼬며 대꾸했다.

"제 계획은 이래요."

수정액이 사전과 페니에게 바짝 다가가서 조심스레 생각을 털어놓았다.

그때였다. 교실 앞에서 스워드 선생님의 쩌렁쩌렁한 목소리가 들려왔다.

"이제 자리로 돌아가서 선생님이 초록색으로 밑줄 친 부분을 사전에서 잘 찾아봐. 전부 바르게 고쳐 쓸 때까지는 나오지 말고!"

잠시 후 랄프가 의자에 털썩 앉더니 바닥에서 필통을 주워 지우개를 꺼냈다. 랄프는 선생님이 초록색으로 밑줄 친 부분의 단어를 박박 지웠다. 지우개는 페니 가까이에 갈 때마다 커다란 이빨로 깨물었다.

랄프는 틀린 단어를 다 지우자, 지우개를 도로 필통에 넣고 페니를 집었다. 늘 그렇듯 지우개는 일부러 지우개 똥을 종이 위에 어질러 놓았다. 페니는 그런 게 맘에 들지 않았다. 지우개 똥 위로는 글씨가 잘 써지지 않았기 때문이다. 하지만 오늘은 사방에 지우개 똥이 있어서 오히려 다행스러웠다. 페니는 얼른 수정액과 사전에게 눈을 찡긋해서, 일이 계획대로 풀리고 있다는 것을 알렸다.

랄프가 철자를 틀리게 적자, 페니는 지우개 똥에 달라붙어서 글씨 쓰기를 멈추었다. 랄프가 사전에서 단어를 찾아 제대로 적을 때까지, 페니는 꼼짝하지 않았다. 철자가 틀릴 때마다 페니는 지우개 똥에 발을 걸어 쓰는 것을 멈추었고, 랄프는 사전에서 단어를 찾아야 했다. 랄프가 고쳐 쓰기를 끝낼 무렵, 페니와 사전은 기운이 다 빠졌다.

랄프는 종이 울리기 직전에 문제집을 들고 다시 교탁으로 갔다.

스워드 선생님이 말했다.

"오늘 밤에 훑어보고 내일 아침에 돌려줄게. 그리고 내일 수학 시험이 있다는 걸 잊지 말아라! 수업 끝!"

랄프는 페니와 수정액을 필통에 집어넣고 나머지 소지품

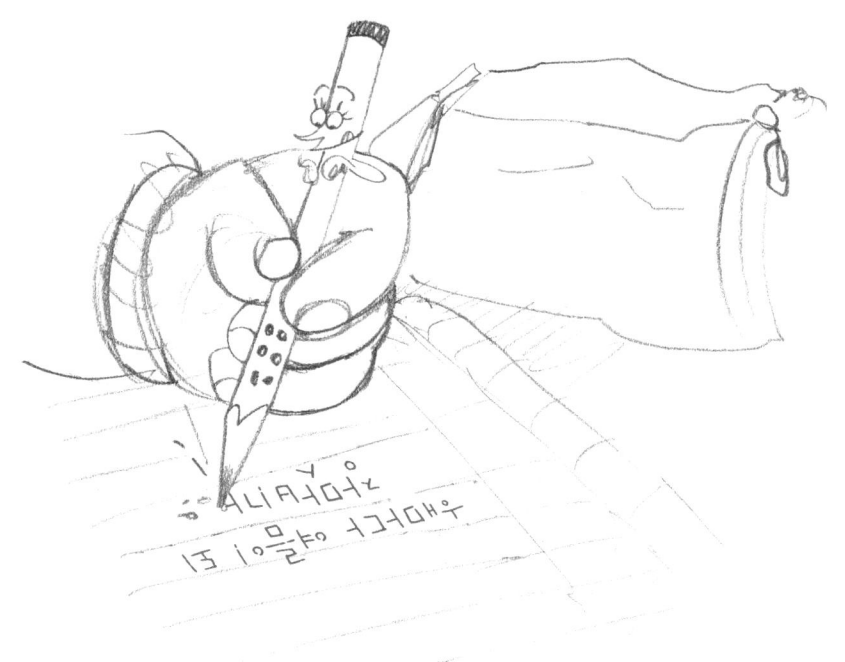

도 가방에 챙겼다. 수학 시험 본다는 사실을 까맣게 잊고 있었는데……. 받아쓰기 다음으로 수학도 랄프가 못하는 과목이었다. 내일 수학 시험 통과는 어림없어 보였다.

교실 밖에서 기다리고 있던 사라가 말했다.

"너 안 나오는 줄 알았어. 막 들어가서 데리고 나올 참이었는데……."

사라는 랄프 기분을 풀어 주려고 또 말을 걸었다.

"너 오늘 오후에 우리 집에 올 거야? 할머니가 궁금해하셔. 네가 좋아하는 케이크 만들어 주시겠다고……."

"고맙지만 내일 볼 수학 시험 공부를 해야 해."

랄프는 투덜대며 신발을 내려다보았다.

"내가 도와줄 수 있는데……."

사라가 말했다.

"야! 도움 따윈 필요 없어. 내가 수학을 잘 못한다고 그렇게 불쌍해할 필요 없다고!"

랄프가 버럭 화를 냈다.

그러자 사라도 똑같이 화를 내며 대꾸했다.

"알았어! 그냥 돕고 싶었던 것뿐인데, 수학 시험에서 떨어지고 싶으면 네 맘대로 해!"

사라는 뒤도 돌아보지 않고 건물 모퉁이로 사라졌다.

'사라한테 성질 부릴 생각은 없었는데……. 그래도 내가 수학 못한다고 저까지 날 무시할 게 뭐람.'

랄프는 기분이 안 좋았다. 집에 도착하자 곧장 방으로 가서, 저녁 내내 나눗셈 공부를 했다. 하지만 아무리 집중해서 문제를 풀어도 책 뒤에 나와 있는 정답과 맞지 않았다.

아홉 시 반, 엄마가 잘 자라고 인사하러 방에 왔다. 엄마
는 아직도 책상에 앉아 숙제하는 랄프를 보고 놀랐다.

"랄프, 아홉 시 반이야! 어서 자야지!"

"엄마, 저 몸이 안 좋아요."

수학 시험을 생각할 때마다 배가 살살 아팠으니까 아주 거짓말은 아니었다. 랄프가 은근히 기대하며 물었다.

"내일 결석하고 집에 있어도 될까요?"

엄마는 책상에 놓인 수학책과 바닥에 흩어진 종이들을 보았다. 종이에는 크게 가위표가 그어져 있었다.

"수학 공부가 잘 안 되니?"

엄마가 상냥하게 물었다.

"지겨워요! 난 수학이 정말 어렵고 싫어요. 내일 시험에 통과 못할 거예요……."

풀이 죽은 랄프에게 엄마가 잠옷을 입혀 주며 말했다.

"아유, 랄프. 네가 고단해서 그래. 아침이 되면 나아질 거야. 엄마가 장담할게. 걱정 말고 이제 그만 자라."

엄마는 랄프를 침대에 눕히고 불을 껐다.

한편……, 랄프와 엄마는 수학책 덮는 것을 깜빡했다. 페니가 책 위에 있었다. 벌어진 커튼 사이로 들어온 달빛 덕분에 글씨를 볼 수 있었다. 페니는 책을 읽기 시작했다.

6

수학 시험

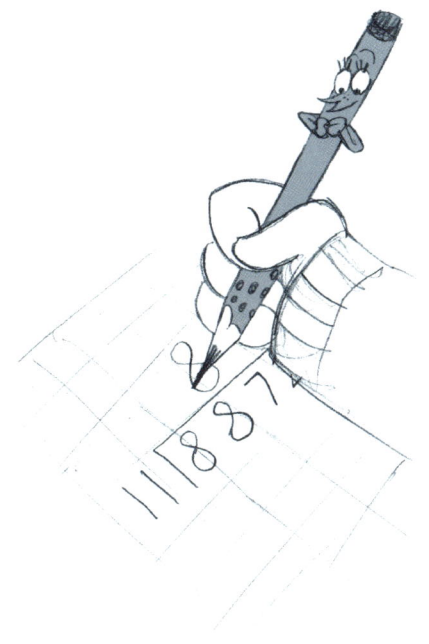

다음 날 아침, 랄프는 기분이 안 좋았다. 칫솔질을 하며 거울을 보니, 잠을 못 자서 눈 밑이 까맸다. 학교 가는 길에 사라 집에 들렀는데 사라는 벌써 가고 없었다. 학교에서 만난 사라는 랄프와 말도 하지 않으려 했다. 게다가 랄프가 어렵게 사과를 하는데도 "그 입 좀 다물어 줄래?"라는 말까지 했다.

"둘이 만날 딱 붙어 다니더니, 너 여자 친구한테 뭐 잘못했냐?"

말썽쟁이 버트가 둘이 싸운 걸 눈치채고는 슬슬 약을 올렸다.

"사라는 내 여자 친구가 아냐."

랄프가 이를 악물면서 쏘아붙였다.

"물론 그렇겠지! 누가 너 같은 못난이랑 사귀겠냐!"

버트가 한술 더 떴다.

랄프는 참을 수가 없었다. 기분 좋은 날이라도 버트 앞에 앉는 건 고역이었다. 한데 수학 시험에서 떨어질 게 뻔하고, 단짝 사라가 자기와 말도 안 하려고 하는 오늘은 도저히 가 만있을 수 없었다.

랄프는 몸을 홱 돌려서 버트의 코를 후려갈겼다. 이럴 수가! 어찌나 주먹이 세던지 버트가 의자 뒤로 벌렁 나자빠졌다. 버트의 코에서 코피가 흐르기 시작했다. 그때 아이들이 난생처음 보는 일이 벌어졌다. 버트가 울기 시작한 것이다. 랄프는 놀라서 입이 벌어진 채 자기를 바라보고 있는 사라와 눈이 마주쳤다.

"무슨 일이지?"

큰 소리가 들렸다.

뒤를 돌아보니 바로 뒤에 스워드 선생님이 서 있었다! 랄프는 여전히 주먹을 꽉 쥐고 있었고, 선생님도 그걸 보았다.

"네가 버트를 때렸니, 랄프?"

랄프가 고개를 끄덕였다. 버트가 울음을 터뜨릴 만큼 자기가 그 애를 세게 때렸다는 데 놀라서 말도 나오지 않았다.

선생님이 종이 한 장을 내밀며 따끔하게 말했다.

"당장 교장실로 가 봐. 그리고 이거 가져가라. 복도에서 기다리면서 시간 낭비할 필요는 없잖니."

선생님이 건넨 종이는 수학 시험지였다. 랄프는 버트를 때리고 풀렸던 기분이 다시 가라앉았다.

"연필만 가져가라. 지우개는 말고."

선생님이 말했다.

페니는 랄프가 쉽게 집을 수 있게 몸을 꼼지락거려 필통 맨 위쪽으로 나갔다. 랄프는 페니와 수학 시험지를 챙겨서 교장실로 갔지만 곧장 문제를 풀진 않았다. 몇 분 동안 복도를 왔다 갔다 하면서 마음을 가라앉힌 뒤에야 문제를 풀기 시작했다.

페니는 랄프가 평소처럼 연필을 쥐지 않는다는 걸 알아차렸다. 얼른 랄프의 손등을 살펴보니, 버트를 때릴 때 주먹에서 난 피가 아직 멎지 않고 있었다. 랄프가 첫 문제에서 실수를 하자 페니는 가만히 발길질을 했고, 랄프 손이 따라 움직여 줘서 바른 답을 적을 수 있었다.

"예상보다 일이 훨씬 쉽게 풀리겠는걸!"

페니는 마음이 놓였다.

주변에 감시하는 필기구들도 없고, 랄프는 손에 힘이 빠져서 조금만 움직여도 정답을 쓰게 할 수 있었다!

교장 선생님이 랄프를 교장실로 불렀다. 랄프가 페니를 뒷

주머니에 쏙 넣는 바람에 페니는 아무 소리도
들을 수 없었다. 나중에 필통에 돌아갔을
때, 다들 교장실에서 무슨 일이 있었
는지 궁금해했지만 페니는 필
기구들에게 아무 이
야기도 해 주지
못했다. 그런데
도 필기구들
은 페니를 영
웅으로 여겼다.
심지어 검은 매직
펜도 평소처럼 못되게
굴지 않고, 지우개와 함께 나란
히 험상궂은 표정만 짓고 있었다.

  같은 반 친구들도 랄프를 영웅으로 생각했다. 다들 버트
한테 놀림을 받으면서도, 한 방 먹여 올리기는커녕 대꾸 한
마디 못했기 때문이었다.

  사라 역시 어제 싸운 일은 까맣게 잊고, 랄프에게 다가와

오후에 자기 집에 와서 놀면 할머니가 남겨 둔 케이크를 주
실 거라고 말했다.

　스워드 선생님도 아이들이 주먹질을 하면 안 된다는 사실
을 잊은 듯, 시험지를 나눠 주면서 랄프가 1등이라고 자랑스
럽게 발표했다.

　엄마도 기뻐서 랄프가 소파에서 텔레비전을 보면서 숙제
하게 해 주었다. 한마디로 랄프와 페니에게는 모든 게 '끝내

주는' 하루였다.

엄마가 저녁을 먹으라고 랄프를 불렀을 때, 검은 매직펜은 중요한 회의라며 필기구들을 불러 모았다. 페니를 포함한 연필들과 크레용들은 모두 흥분했다. 모두가 검은 매직펜이 페니를 칭찬할 거라고 예상했다. 하지만 수정액은 마음이 불편했다. 검은 매직펜과 지우개가 페니를 쳐다보는 눈길이 곱지 않은 데다 매직펜들이 페니를 슬슬 에워싸는 것도 불안했다.

수정액은 페니에게 다다가 보호해 주고 싶었지만 움직일 수가 없었다. 검은 옆구리에 흰 글씨로 '공포'라고 쓰인 뚱보 유성펜이 떡하니 버티고 있었다.

"비켜 봐!"

수정액이 큰 소리로 말해도 연필들과 크레용들은 신나게 떠드느라 듣지 못했다.

"아무 데도 못 갈 줄 알아!"

유성펜이 사납게 말했다.

수정액은 유성펜을 피해 가려다가 비웃음만 샀다.

"페니를 구할 방법은 없거든!"

어떻게든 빠져나가려고 몸부림을 쳐 보았지만, 유성펜이 뚜껑을 벗었을 때 수정액은 이미 늦었다는 걸 알았다. 유성펜이 독한 잉크 냄새를 내뿜자, 수정액은 가엾게도 정신을 잃었다.

검은 매직펜이 말했다.

"회의를 소집한다."

연필들과 크레용들이 조용해졌다. 페니는 수정액을 찾아 두리번거렸지만 사방엔 매직펜들뿐이었다. 다른 필기구들은 느긋하고 행복해 보이는데 페니는 왠지 마음이 불편했다.

"다들 알겠지만 랄프는 오늘 특별한 하루를 보냈다."

검은 매직펜이 입을 열었다.

연필들과 크레용들은 랄프가 옆에 있기라도 한 것처럼 손뼉을 쳤다.

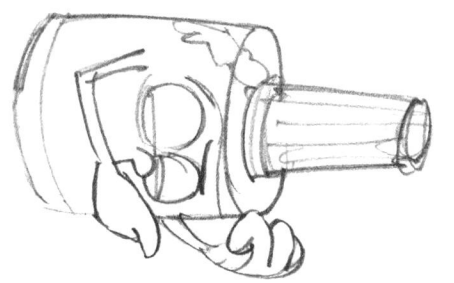

검은 매직펜이 목에 힘을 주며 말을 이었다.

"랄프는 버트에게 주먹을 날렸고, 교장실에 다녀왔고, 수학 시험에서 1등을 했다. 텔레비전을 보면서 숙제해도 좋다는 허락까지 받았고!"

"검은 매직펜 말하는 것 좀 봐. 꼭 자기 덕분인 것처럼 구네!"

작달막한 초록 색연필이 노란 색연필에게 소곤댔다.

"물론 랄프는 혼자서 해낸 게 아니었다."

검은 매직펜이 말했다.

"으휴, 또 시작이야. 전부 자기 덕분이라 이거겠지."

이번엔 노란 색연필이 속삭였다.

"이 필통에 든 누군가가 랄프를 거들었다. 우린 그 장본인이 누군지 안다, 안 그런가?"

검은 매직펜이 씩 웃자, 페니는 불안해졌다.

"바로 페니!"

검은 매직펜이 이름을 부르자 연필들과 크레용들이 일제히 박수를 쳤다. 페니는 마음이 내내 불편했다. 모두가 페니를 쳐다보았고, 매직펜들은 페니를 향해 점점 다가오고 있었다.

"말해 봐라, 페니. 랄프가 어떻게 수학 시험에서 정답을 쓸 수 있었지?"

페니는 입이 말랐다.

"교장실 복도에 있을 때, 네가 도와준 거지?"

페니는 거짓말을 해도 소용없다는 걸 알았지만, 솔직하게 고백해서 검은 매직펜을 만족시키기는 싫었다. 그래서 뻣뻣하게 서서 아무 말도 하지 않았다.

검은 매직펜이 다그쳤다.

"입이 달라붙었나?"

연필들과 크레용들은 테니스 경기 보듯, 검은 매직펜과 페니를 번갈아 쳐다보았다. 방금 전의 즐거운 분위기는 싹 사라졌다.

페니는 지금의 위기를 넘기려면 기적이라도 일어나야 한다는 것을 잘 알았다. 하지만 페니가 모르는 것이 있었으니…… 바로 수정액이 의식을 잃고, 유성펜의 포로가 되어 있다는 사실이었다.

검은 매직펜이 페니를 협박했다.

"네가 그렇게 한마디도 안 한다면, 우리 손님께서 대신 말씀해 주실 거다!"

검은 매직펜이 비켜서자 필기구들이 조용해졌다. 그들이 검은 매직펜보다 더 무서워하는 유일한 존새가 거기에 있었다. 바로 스워드 선생님의 초록색 펜!

페니는 여태 초록 펜이 그렇게 무서운 줄은 몰랐지만, 초록 펜이 입을 연 순간 날카로운 소리에 정신이 번쩍 들었다.

"페니, 난 네가 랄프의 손을 조종했다는 걸 알 수 있어. 랄프의 글씨체가 평소와 달랐거든. 개학 첫날 틀린 철자를 네가 고쳐 주었을 때의 그 글씨체였지. 랄프가 스스로 계산을 할 줄 안다고 본인과 스워드 선생은 속일 수 있겠지만, 선생의 펜인 내가 스워드 선생보다 강하다는 걸 알아야지!"

연필들과 크레용들은 불편하게 발을 질질 끌었다. 페니는 가슴이 쿵쾅거렸다. 검은 매직펜과 스워드 선생님의 초록 펜 중 누가 더 싫은지 헷갈렸다.

"규칙 위반을 한 게 처음이 아닌 걸로 아는데?"

밉상스러운 초록 펜이 말했다.

"그렇습니다. 지난번엔 수정액이 변명을 해 줬지요. 이번에는 왜 나서서 편들지 않는지 모르겠군요. 겁쟁이 녀석 같으니!"

검은 매직펜의 말을 들으며 페니는 느꼈다. 검은 매직펜은 수정액이 어디 있는지 알고 있는 눈치였다. 수정액에게 뭔가 끔찍한 일이 생긴 것이 분명했다.

"그렇다면 당연히 쫓겨나야지요."

"단순히 쫓아내기만 하는 걸로는 부족합니다."

스워드 선생님의 초록 펜이 말하자 검은 매직펜이 매몰차게 한 수 더 떴다.

페니는 눈을 가늘게 뜨고 검은 매직펜을 노려보았다. 필통에서 영원히 쫓겨나는 것 따위는 두렵지 않았다. 그저 수정액이 무사한지 확인하고 싶은 마음만 간절했다.

"그렇겠지요."

스워드 선생님의 초록 펜도 맞장구쳤다. 그리고는 어디선가 낡고 커다란 규정집을 꺼내서 넘기며 말을 이었다.

"이런 종류의 위반에 적절한 벌칙은…… 연필을 깎는 것이군요."

그 말이 떨어지자, 페니를 에워싸고 있던 매직펜들도 깜짝 놀라며 숨을 멈추었다.

"지금도 약간 뭉툭해 보이는군요."

초록 펜이 안경 너머로 페니를 흘끔대며 말했다.

"아, 안 돼요."

페니는 몸이 덜덜 떨려 와 달아나려고 허겁지겁 돌아섰지만, 둥글게 에워싼 매직펜들이 더 바짝 모여들기 시작했다. 페니는 이쪽저쪽을 둘러보았다. 보라색과 노란색 매직펜 사이에 틈이 있었다. 페니가 냅다 그쪽으로 뛰는데 갑자기 지우개와 검은 매직펜, 스워드 선생님의 초록 펜이 다가와 가로막았다. 그리고 초록색과 군청색 매직펜이 뒤에서 페니를 꽉 붙잡았다. 지우개가 번쩍이는 것을 끌고 성큼성큼 다가왔다.

연필깎이였다! 실제로 보는 건 처음이었는데, 구멍이 두 개 있었다. 하나는 아주 작았지만, 다른 하나는 페니의 발에 꼭 맞을 만한 크기였다. 필사적으로

뿌리치려 했지만 매직펜들이 페니를 꽉 붙들었고, 지우개는 연필깎이에 페니의 발을 넣고 천천히 돌리기 시작했다.

지금껏 이런 아픔은 처음이었다. 발 전체가 잘려 나가는 기분이었다. 발의 껍질이 벗겨지면서 연필깎이 바깥쪽으로 흩어졌다.

"그만하지. 여기부터는 내가 할 테니까."

검은 매직펜이 말했다. 그러고는 매직펜들에게서 페니를 넘겨받아 연필깎이에서 확 빼냈다. 그러자 금세 아픔이 가셨고, 둥글고 무딘 발이 다시 뾰족하고 날렵해져서 흐뭇했다. 페니는 발을 보고 감탄하느라 바빠서, 무슨 일이 일어나고 있는지 전혀 알아차리지 못했다.

그때였다. '드르르륵' 소리가 나더니, 검은 매직펜이 페니를 열린 지퍼 쪽으로 밀고 있는 게 아닌가! 다른 연필들과 크레용들이 모여들어 페니를 동정했다. 페니는 그들 사이에서 수정액을 찾아보았지만, 수정액은 아무 데도 보이지 않았다.

"수정액을 어떻게 한 거야?"

페니가 이를 악물고 검은 매직펜에게 대들었지만 상대가 되지 못했다.

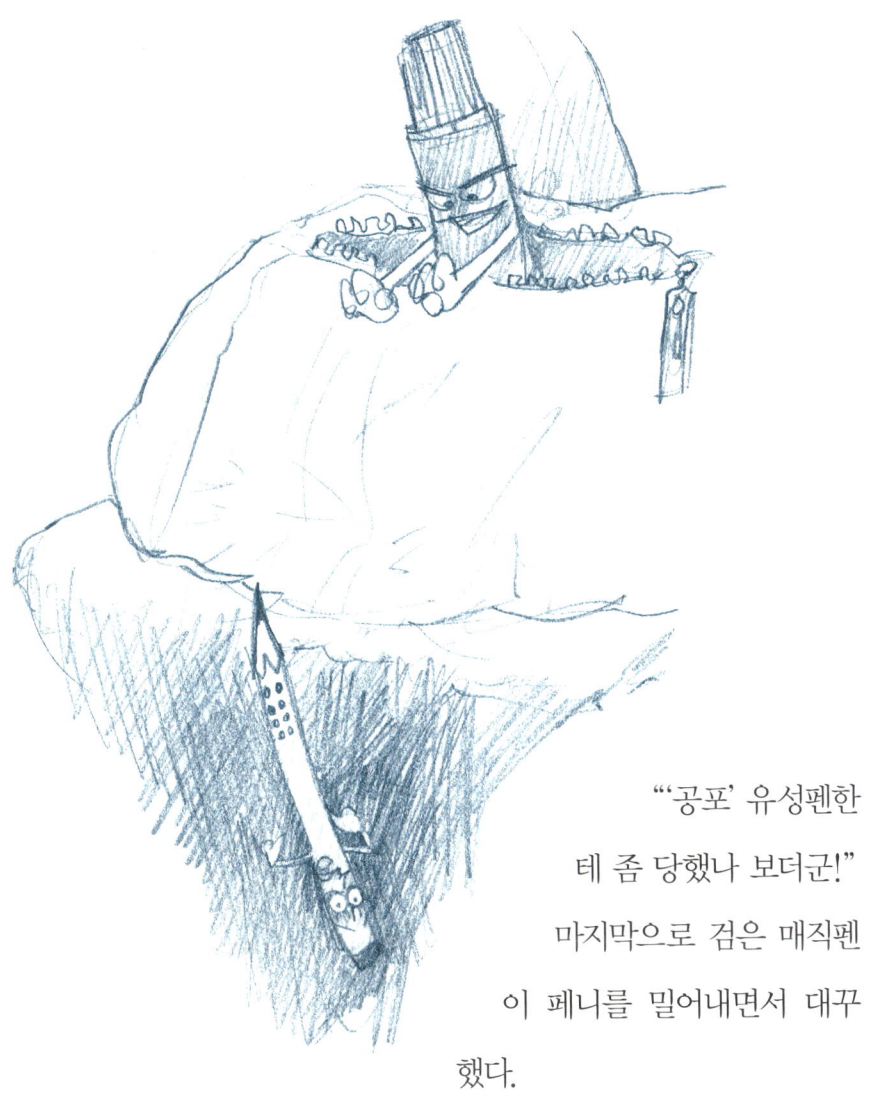

"'공포' 유성펜한
테 좀 당했나 보더군!"
마지막으로 검은 매직펜
이 페니를 밀어내면서 대꾸
했다.

필통 밖으로 떨어지는 페니의 귓가에 검은 매직펜의 웃음
소리가 맴돌았다. 그리고 곧 칠흑 같은 어둠에 휩싸였다.

7

쿠션 밑에서

페니가 처음 느낀 것은 온몸에 흐르는 아픔이었다. 머릿속에서 이상한 '지르르' 소리도 들렸다.

"저어어게 뭐어어지?"

"우우우리처럼 쫓겨어나아아았나?"

"저어어건 연피이일 같은데."

"피이이일토오옹에서 쫓겨어나아아았나?"

페니는 고개를 들었다. 정신을 차리고 눈을 떠 보니, 머릿속에서 나는 소리가 아니라 주위에 있는 이상한 물건들이 내는 소리였다.

"어! 저어어게 움직인다!"

어떤 물건이 말했다.

"저거엇도 이름이 이이있나?"

다른 물건이 말했다.

"마아아알을 하아알 줄 모오를 거어야."

또 다른 물건이 대답했다.

"나 말할 줄 알거든? 그리고 나한테 '저거'라고 하지 마. 내 이이이름은 '페니'라고. 너희이는 누구우니?"

페니가 이상한 물건들의 말을 흉내 내며 쏘아붙였다.

물건들이 서로 쳐다보더니, 첫 번째 물건이 대답했다.

"우우우린 중요한 물건들이어었어. 하지만 지금은 소오오 파의 쿠우우션 뒤에 사는 쓰으을모 없는 것들이 되어었지."

"여기서 산 지 얼마나 됐는데?"

"우우리도 모오올라. 머어칠이나 며엇달. 더 오래일 수도 이있고."

페니의 물음에 두 번째 물건이 대답했다.

"어어어두워서 시이이간이 가늠이 아아안 돼."

세 번째 물건이 덧붙였다.

문득 페니의 머리에 무언가가 스쳐 지나갔다.

"혹시 최근에 온 물건이 있니?"

"최에에근에?"

첫 번째 물건이 되물었다.

"난 지금 친구를 찾고 있거든. 수정액이라고……."

"수정액? 그게 뭐어언데?"

두 번째 물건이 끼어들었다.

"내 친구야. 그런데…… 지금 큰 위험에 빠져 있거든……."

페니는 슬픔을 누르지 못하고 말했다.

"수정애액이 위험에 빠져 있다고?"

세 번째 물건이 중얼댔다.

"근데 왜 다들 그렇게 이상하게 말을 하니?"

페니는 물건들의 말을 듣고 있자니 머리가 쑤셔 왔고, 눈앞의 이상한 물건들이 점점 지겨워졌다. 또 수정액에게 무슨 일이 일어난 건 아닌지 몹시 걱정스러웠다.

"나도 몰라. 긴긴 시간을 보내기 위해서겠지."

첫 번째 물건이 대답했다. 이번에는 더듬지 않았다.

"지금 허비할 시간이 없다고! 그들이 수정액을 데려간 거야. 우리가 수정액을 구해야 해!"

페니가 다급히 말했다.

"누가 수정액을 데려갔는데?"

두 번째 물건도 정상적으로 말했다.

"매직펜들!"

페니가 소리를 빽 지르자 세 번째 물건이 말했다.

"설마 랄프의 필통에 사는 매직펜들은 아니겠지?"

"맞아. 그 매직펜들이야!"

페니는 물건들이 상황의 심각성을 알고 도와주길 바랐다. 하지만 셋은 일제히 입을 다물었다. 페니가 그들을 노려봤다.

"어떻게 생각해? 수정액 구하는 걸 도와줄 거지?"

페니는 쿠션 틈에서 위로 올라가려고 버둥거리며 말했다. 하지만 몸을 버둥거릴수록 오히려 더 밑으로 빠져 들어가는 기분이었다.

첫 번째 물건이 말했다.

"나라면 애쓰지 않겠어. 버둥거려 봐야 여기서 절대 못 빠져나가. 한번 쿠션 뒤에 빠지면 절대 탈출할 수가 없다고."

페니는 못 들은 척하고, 계속 쿠션 위로 올라가려 애썼다. 하지만 소용없는 일이었다. 페니는 그대로 갇히고 말았다.

"수저어어어엉애액!"

페니가 외쳤다.

"수정액은 네 소리를 못 들어. 쿠션 뒤에 있으면 영영 없어진 거나 마찬가지야. 목소리조차 밖으로 못 나간다니까."

두 번째 물건이 말했다.

"하지만 매직펜들한테 붙잡혔으니……."

"우리도 알아."

세 번째 물건이 페니의 마음
을 이해한다는 듯 말했다.

"그런데 왜 내가 친구를 구하
게 도와주지 않는 거냐고!"

페니가 버럭 화를 내자 세 번
째 물건은 페니를 진정시켰다.

"그 일은 잊어버려. 그들은 못된
녀석들이라고. 네 친구가 매직펜
들에게 붙들린 거라면 구해 줄 방
법이 없어. 너를 몰아낸 것도 검은
매직펜이겠지? 아니면 지우개였거나.
둘 다 정말 맘에 안 들었는데."

페니는 세 번째 물건을 빤히 쳐다보
았다. 어두컴컴해서 모양을 제대로 알
아볼 순 없었지만 동글동글하고, 가늘고, 짤막한 것이 머리
끝은 뾰족해 보였다.

페니가 눈을 크게 뜨며 물었다.

"너희는 뭐니? 그리고 필통 속에서 일어나는 일을 어찌 그리 잘 알아?"

세 번째 물건이 손짓하자 두 물건이 다가왔다. 그들은 두께가 같았고, 모두 같은 색깔의 줄무늬를 가지고 있었다. 두 번째 물건이 첫 번째 물건 위에 올라타자, 세 번째 물건이 꼭대기로 올라갔다. 페니는 그제야 알게 되었다. 셋은 각각 연필 한 자루의 일부분이었다!

"어쩌다 이렇게 됐니?"

페니는 셋이 같은 연필의 부분이라는 게 놀라웠다.

맨 밑에 있는 첫 번째 물건이 대답했다.

"매직펜들 짓이지. 그들은 연필심보다 잉크가 더 훌륭하다고 생각해. 필통에 들어와서 우리를 쳐다보고는 내보낼 때가 되었다고 생각한 거야. 그건 그렇고, 우리 소개를 안 했네. 난 '몽당이'이고, 얘는 '가운데 토막', 저기 짧은 애는 '연필심'이야."

가운데 토막이 이야기를 계속했다.

"매직펜들은 우리 같은 연필들을 없애려고 '필기구 청소'라나? 뭐, 그런 운동을 벌였지. 우리가 지키지 못할 엉터리 규

칙을 만들어 놓고, 그걸 지키지 않았다는
핑계로 우릴 필통에서 쫓아냈어."

"운이 나빴는지 우린 밀려나면서
아주 단단한 것에 부딪쳐 세 동
강이 난 거야."

이번엔 꼭대기에 있던 연필심이
말했다.

"어디에 부딪쳤는데?"

호기심이 동한 페니가 물었다.

그때 요란한 소리와 함께 소파가 마
구 흔들려서 가운데 토막과 연
필심이 무너졌고, 세 동강 난 연
필들은 쿠션 위로 나뒹굴었다. 페니
가 눈을 가늘게 뜨고 보니, 검고
큰 물건이 동강 난 연필 위에
떡하니 서 있었다. 색색의 단추
가 달린 배 부분이 불룩했다.

"나한테 떨어졌지."

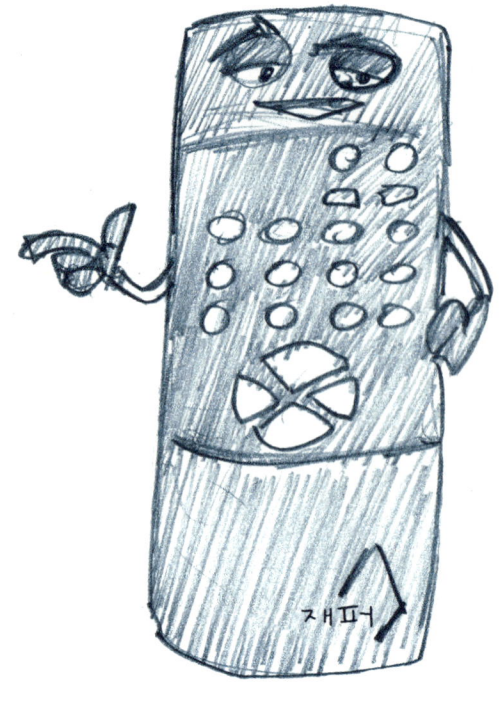

재퍼

검고 큰 물건이 말했다.

"너도 필통 속에 살았니?"

페니가 낯선 물건에게 물었다.

"내가…… 필통 속에? 아니올시다! 너 내가 누군지 몰라?"

검고 큰 물건이 호탕하게 웃었다.

"글쎄, 모르겠는데……."

"난 텔레비전 리모컨이라고! 내 이름은 원래 '재퍼'인데, 친구들은 '프랭크'라고 부르지. 난 필통에 살지 않아!"

재퍼는 또 킬킬대다가 잠시 뭔가 생각하더니 덧붙였다.

"난 쿠션 뒤에 살지도 않아."

"원래부터 쿠션 뒤에 사는 것은 없어! 사고로 여기에 빠져 갇히는 거지."

연필심이 말했다.

"그건 맞는 말이야. 하지만 처음에는 재미있었지. 사람들이 소파에 앉으면, 난 예상치 못한 때 채널을 돌려 댔거든. 늘 웃음이 터지곤 했어. 그러다 건전지가 닳아서……."

'그건 그렇고, 수정액은 어쩌지?'

페니는 갑자기 위험에 빠진 친구가 생각났다.

"수정액 역시 필통에서 쫓겨나 이 뒤에 박히지 않는다면……. 으아악, 너 왜그래?"

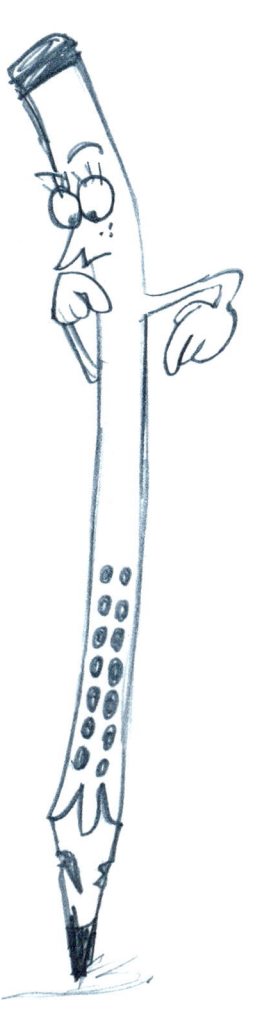

가운데 토막이 비명을 질렀다.

"왜? 무슨 일인데!"

페니가 깜짝 놀라 두리번거리며 물었다.

"네가 쿠션에 피를 흘리고 있잖아!"

"내가 뭘? 어머나!"

페니가 발가락 쪽을 내려다보니 하얀 쿠션에 검은 얼룩이 나 있었다. 얼룩을 지워 보려 애썼지만, 더 까맣게 번지기만 했다.

몽당이가 말했다.

"걱정하지 마. 연필이나 텔레비전 리모컨도 못 찾는 사람들이 어떻게 검은 얼룩을 볼 수 있겠어."

"그렇긴 하지만……."

페니는 들릴 듯 말 듯 중얼거리며 고민에 잠겼다. 더 큰 얼룩을 만들면, 자기와 연필 동강들이 사람들 눈에 띨지 모른다는 생각이 들었다.

'연필 동강들과 리모컨이 딴 데 정신을 팔 때까지 기다렸다가, 발가락을 꼼지락거려서 큰 얼룩을 만들면 될 거야.'

페니는 남몰래 빙그레 웃고는 다시 대화에 끼어들었다.

8

커다란 검정 얼룩

며칠 후 랄프는 방에서 빨간색 연필로 숙제를 하고 있었다. 얼마 전 페니를 잃어버린 것을 알고 사라와 함께 학교와 양쪽 집을 샅샅이 뒤졌지만 찾지 못했다. 거실에서 엄마의 고함이 들려오자 랄프는 벌떡 일어났다.

"랄프! 펜이랑 연필 같은 거 다 썼으면 치우라고 몇 번이나 말했니?"

"500번쯤이요."

랄프는 중얼대면서 무슨 일인가 싶어 천천히 거실로 가 보았다.

"쿠션에 검은 얼룩이 생겼잖아! 이것 좀 봐!"

엄마는 화가 나서 랄프에게 쿠션을 던졌다.

사실 그리 힘껏 던지지 않아서 랄프는 어렵지 않게 쿠션을 잡아 얼룩을 살펴보았다.

"죄송해요, 엄마. 우연히 생긴 거예요."

엄마가 한쪽 눈을 치뜨자 랄프가 말했다.

"하지만 무슨 상관이에요? 내일 새 소파가 배달되잖아요."

"그게 중요한 게 아니야! 사라 할머니께 이 소파를 드리겠다고 약속했거든. 저번에 널 데리러 그 댁에 갔을 때 보니까, 소파가 엄청 불편하더라고. 그런데 이렇게 큰 얼룩이 생겼으니 어쩜 좋아."

랄프에게 좋은 생각이 났다.

"이렇게 쿠션을 돌리면 감쪽같지 않아요?"

랄프는 소파의 쿠션을 거꾸로 돌리곤 의기양양하게 엄마를 보았다. 엄마가 얼굴을 찌푸렸다.

"세상에, 랄프! 그런 짓은 못 하지. 사라네 가족은 우리 친구야. 사라 할머니께 전화해서 사실대로 말씀드려야겠어."

엄마가 사라 할머니와 통화하는 사이, 랄프는 거실을 왔다 갔다 했다. 버트를 때리고 교장실 밖에서 기다리던 날보다 훨씬 초조했다.

마침내 엄마가 전화를 끊자 랄프가 물었다.

"뭐라고 하세요?"

"뭐든 잘 지워지는 얼룩 제거제가 있다고 하시네. 네가 운이 좋았다."

"이제 텔레비전 보면서 숙제하는 건 금지겠네요."

엄마가 랄프의 머리를 쓰다듬으며 말했다.

"당연하지! 그리고 새 소파 부근에는 사인펜, 연필, 크레

용, 매직펜, 유성펜, 형광펜

할 것 없이 필기구는 절대 두면 안 된

다. 알았지?"

"알았어요."

랄프는 숙제를 마치려고 방으로 올라갔다.

쿠션 밑에서 페니와 연필들이 자고 있다는 사실은 랄프
도, 엄마도 몰랐다. 그리고 거기에 갇힌 페니와 연필 세 동
강, 리모컨도 다음 날 소파가 다른 집으로 간다는 것을 전
혀 알지 못했다.

9

여행

페니는 기분 좋은 꿈을 신나게 꾸었다. 랄프가 못된 버트의 코를 한 방 먹이자, 스워드 선생님은 '교실에서 덩치 크고 못된 아이를 때리지 않겠습니다.'라고 100번 쓰는 벌을 주었다. 페니는 종이 위를 휙휙 날아다니면서, 예쁜 글씨로 문장을 적었다.

"천천히 좀 해, 페니. 선생님이 눈치채겠어!"

랄프는 페니가 글씨 쓰는 속도를 따라잡지 못하고 키득댔다.

"이제 거의 끝나 가는걸."

페니가 숨을 헐떡이며 말했다.

"천천히 하자니까."

랄프가 다시 말했다.

"천천히 좀 하자고!"

굵은 목소리가 말했다.

'쾅' 하는 소리가 났다. 땅이 흔들리는 것을 느끼자 페니는
비명을 지르며 잠에서 깼다.

"쉿, 괜찮아."

귀에 익은 목소리가 다가왔다. 몽당이였다.

"무슨 일이야?"

페니가 몹시 겁먹은 소리로 물었다.

몽당이는 초조하게 두리번거리며 말했다.

"나도 모르겠어. 소파를 옮기나 봐. 랄프 엄마는 일주일에 한 번씩 소파를 치우고 청소를 하거든. 하지만 이번엔 좀 다른 것 같아. 지금 연필심과 가운데 토막이 알아보러 갔어."

"준비 됐어?"

쿠션 바깥에서 아까와 다른 굵은 목소리가 묻자, 처음의 굵은 목소리가 대답했다.

"응. 문에 쐐기를 끼우느라고. 하나, 둘, 영차!"

페니와 몽당이는 공중으로 들리는 기분을 느꼈고, 곧 소파가 앞으로 옮겨지기 시작했다.

"약간 왼쪽으로 숙여 봐!"

처음의 굵은 목소리가 말했다.

페니와 몽당이는 쿠션 사이로 더 깊이 굴러 들어가는 기분이 들었다.

"조오오오오심해!"

누군가 빽 소리쳤다. 가운데 토막과 연필심이 최고 속력으로 굴러오다 그들과 부딪칠 뻔한 것이다.

둘이 숨을 돌리자 몽당이가 물었다.

"무슨 일이야?"

"우리를 밖으로 옮기고 있어. 커다란 초록색 트럭에 우리를 태울 건가 봐!"

가운데 토막이 흥분해서 말했다.

"랄프네가 이사하는 거야?"

몽당이가 물었다.

"그건 아닌 것 같아. 가구를 다 싣기에는 트럭이 너무 작아. 이 소파만 옮기려는 것 같은데."

연필심이 대답했다.

"안 돼! 우리를 랄프네 집에서 데리고 나가면 안 된다고! 수정액은 어쩌고? 우리가 집을 떠나면 어떻게 수정액을 매직펜들에게서 구하냔 말야!"

페니가 겁에 질려 소리쳤다.

가운데 토막이 페니에게 굴러와 굳은 표정으로 말했다.

"안됐다, 페니. 아까 말한 그대로야. 일단 쿠션 속에 파묻히면 영영 꼼짝 못한다고. 소파가 랄프네 집에 있든 없든 우리가 수정액을 도울 수 없는 건 마찬가지야."

"하지만 수정액은…… 우리가 도와줘야 해!"

페니가 소파에서 빠져나가려고 쿠션을 있는 힘껏 밀면서 필사적으로 외쳤다.

워낙 흥분한 상태여서 페니가 힘껏 민 쿠션이 소파에서 떨어지려고 했다. 쿠션들 사이로 빛이 들어오자, 페니는 재빨리 쿠션 쪽으로 몸을 굴렸다. 쿠션이 움직일 때 페니도 따라서 굴렀다.

"야호! 드디어 해방이다!"

뒤에서 누군가 외쳤다.

페니가 돌아보는 순간, 리모컨 재퍼가 앞으로 휙 지나가더니 곧 소파 모서리 너머로 사라졌다.

"단단히 잡아! 뭐가 떨어졌잖아!"

소파 바깥에서 굵은 목소리가 들렸다. 페니는 그게 이삿짐센터 직원의 목소리란 걸 알았다.

"어디?"

"자네 발 바로 옆에. 소파를 내려놓고 그것부터 집으라고!"

두 사람은 소파를 반대편으로 기울였다. 모서리 쪽으로 굴러가던 페니는 반대편 등받이 쪽으로 몸이 쏠렸다. 위쪽으로 올라가려고 애를 써 보았지만, 천으로 된 소파라서 책상 위보다 구르기가 힘들었다. 페니는 완전히 멈춰 섰다.

"이것 봐! 텔레비전 리모컨이네. 갖다 줘야겠어."

두 번째 사람이 재퍼를 집어서 찬찬히 들여다보더니 집 안으로 들어가면서 말했다.

"벌써 몇 년 전에 잃어버렸을걸? 뭐 좀 쓸 만한 게 또 없으려나?"

첫 번째 사람이 페니 옆의 쿠션을 집어 들며 말했다. 몽당이와 연필심, 가운데 토막이 거기 있었다.

사내는 부러진 연필을 보면서 말했다.

"어, 이건 뭐야? 에이, 아무 쓸모도 없겠는걸."

그는 연필 동강들을 집어서 땅바닥에 버렸다. 연필 동강들은 서너 조각으로 부서졌다.

페니는 겁이 나면서도 흥분되었다. 소파에서 벗어나 수정액에게 돌아가고 싶었다. 하지만 정원을 가로질러 집으로 들어가서 랄프의 필통 속으로 되돌아간다는 생각을 하니 마음이 무거워졌다. 그나마 바닥에 떨어졌을 때 부러지지 않고 살아남아야 가능하겠지만!

"오호! 이건 또 뭐야?"

사내가 페니가 숨어 있는 쿠션을 들어 올리자 페니는 눈을 질끈 감았다.

곧이어 뜨뜻하고 땀에 젖은 굵은 손가락이 페니의 몸을 감싸더니 공중으로 들어 올렸다. 만약 사내가 페니를 콘크리트 바닥에 떨어뜨린다면, 연필 동강들보다 더 산산조각이 날 것이었다.

사내가 페니를 요리조리 살피더니 말했다.

"좋은 연필 같은데! 넌 나랑 가자."

그가 페니를 뒷주머니에 쑤셔 넣었을 때, 집 안에 들어갔던 동료가 돌아왔다. 이제 소파를 트럭에 실어 사라네 집으로 운반하면 되었다.

"다 됐지?"

첫 번째 사내가 돌아온 동료에게 물었다.

"응! 리모컨을 찾았다며 좋아하던걸. 친절을 베풀면 기분이 참 좋아져. 안 그래?"

동료가 그렇게 말하고는 휘파람을 불기 시작했다.

"그래, 도움이 필요한 사람들을 도와주면 마음이 엄청 따뜻해지는 게 참 좋지."

첫 번째 사내가 비꼬듯 말했다.

하지만 그의 동료는 휘파람을 신나게 불어 대느라, 상대방

이 빈정대는 것을 알아차리지 못했다.

페니는 자기를 훔친 사내가 싫었다. 못된 버트보다도 성질
이 더 사나워 보였다. 주머니에선 이상한 냄새가 났고, 가끔
엉덩이를 이상하게 씰룩거렸다. 페니는 도망가야겠다고 결
심했다. 끔찍한 사내의 주머니 속에 있느니, 몸이 부서지더
라도 땅바닥에 뛰어내리는 편이 나았다. 페니는 주머니의
바늘땀을 발로 차서 구멍을 내려고 했다. 막 발길질을 시작

했을 때, 갑자기 사방이 꽉 눌리는 기분이 들었다. 그러고 나서 다른 종류의 흔들림이 느껴졌고, 페니는 사내가 초록색 트럭에 올라탔음을 알았다.

이제 곧 다른 곳으로 떠날 참이었다! 페니는 있는 힘껏 몸을 비틀었지만, 사내가 의자에 앉으며 몸을 꾹 누르는 바람에 옴짝달싹할 수가 없었다.

'잘 있어, 수정액……'

페니는 속으로 울먹였다.

트럭은 한 번 덜컹하더니 랄프의 집을 빠져나가 점점 멀어져 갔다. 필통으로 다시 돌아갈 기회도, 수정액을 구할 마지막 희망도 사라졌다.

10

어쩔 수 없는 위반

새로운 곳으로 가는 길이 페니에겐 말할 수 없이 불편했다. 페니를 훔친 못된 사내는 자주 엉덩이를 씰룩댔고, 그때마다 페니는 의자에 더 꽉 눌렸다. 게다가 사내가 엉덩이를 씰룩이며 걸을 때면 고약한 냄새가 났다.

"아침에 뭘 먹은 거지? 구운 콩 요리를 얹은 토스트? 삶은 달걀?"

이삿짐센터 동료가 물었다.

"어젯밤에 마누라가 카레를 만들었어. 요리 솜씨가 아주 그만이야. 내일 케이크 굽기 대회에도 나갈 거야."

못된 사내가 대답했다.

"무슨 대회?"

"왜 있잖아. '우리 동네 케이크 굽기 대회' 말이야. 집에 갔다 하면 몇 주째 그 이야기만 하더라고."

못된 사내는 페니가 처박혀 있는 뒷주머니에 손을 넣으며 말했다.

눌리는 게 좀 덜해지는가 싶더니, 사내가 주머니에서 종이를 꺼내자 페니는 공중으로 달랑 들리는 느낌이었다. 그러다 또 사내가 아까보다 엉덩이를 더 꽉 누르는 통에 숨이 막혔다.

못된 사내가 종이를 동료에게 보여 주었다.

"참가 신청서야. 오늘 아침에 마누라가 받아 오라고 하더라고."

못된 사내의 동료는 참가 신청서를 보고 나서 말했다.

"아, 이런 대회가 있었어? 솔직히 내 아내는 음식 솜씨가 별로야. 우린 맞벌이니까 식사 준비나 청소도 돌아가면서 하고. 난 괜찮아. 옛날처럼 여성이니까 꼭 음식을 잘하거나 도맡아 해야 한다고 생각하지 않으니까. 또……."

"바로 저기네! 이 흉측한 소파만 얼른 내려 주면 일찌감치 점심 먹으러 갈 수 있겠어."

못된 사내가 동료의 말을 뚝 잘랐다.

그는 '우리 동네 케이크 굽기 대회'의 참가 신청서를 잡아채더니, 페니가 들어 있는 주머니에 쑤셔 넣었다.

못된 사내가 트럭에서 내리자 잠시 눌림이 덜해졌다. 하지만 곧 엉덩이가 씰룩거리면서, 페니와 신청서가 약간 밖으로 밀려났다. 냄새는 또 어찌나 고약한지 페니는 숨을 쉴 수가 없었다. 그때 아이디어가 번쩍 떠올랐다. 주머니 속에서 구멍 만들 궁리를 하는 대신, 신청서와 함께 주머니 위로 빠져나오면 되겠다 싶었다. 그러면 페니는 탈출에 성공하고, 못된 사내는 신청서를 안 가져왔다고 아내한테 혼쭐이 나겠지!

두 사내는 트럭에서 소파를 내려 집 앞에 놓고, 초인종을 눌렀다. 문이 열리자 사내의 주머니에서 나던 끔찍한 냄새 대신 갓 구운 케이크 냄새가 솔솔 풍겼다.

"안녕, 꼬마 아가씨. 엄마 집에 계시니?"

둘 중 아내와 함께 요리와 청소를 한다는 사내가 물었다.

"아니요. 하지만 할머니는 계세요. 지금 부엌에서 케이크에 장식하고 계시는데요. 혹시 소파를 가지고 오신 분들인 가요?"

페니가 어디선가 들어 본 목소리였다.

"그래. 소파가 무거우니까, 우리가 들어가서 내려놔도 되겠니?"

못된 사내가 조급하게 대답했다.

"그러세요."

여자아이가 현관문을 활짝 열어 주었다.

페니는 그 목소리를 어디서 들었는지 기억해 내려 애썼다. 정말 귀에 익은 소리였다.

"할머니는 거실에 소파를 놓고 싶어 하세요."

여자아이가 말했다.

페니는 주머니 밖으로 고개를 내밀었다. 집은 아주 보기
좋았다. 값비싼 물건은 없어도 아늑했다. 두 사내가 거실로
들어갈 때, 페니는 눈에 익은 책가방을 보았다.

"누가 오셨니, 사라?"

부엌에서 할머니의 목소리가 들렸다.

사라! 그랬다! 여긴 사라네 집이었다! 페니가 조금만 더 꼼지락대서 주머니 밖으로 몸을 내밀면 사라가 볼 수 있을 것이었다.

"소파를 가지고 오셨어요, 할머니."

"거실에 들여놓아 줄 수 있는지 여쭤 볼래?"

"벌써 말씀드렸어요!"

부엌과 거실에서 할머니와 사라의 대화가 오갔다.

친절한 사내는 사라에게 눈을 찡긋했고, 못된 사내는 투덜댔다. 페니는 신청서까지 끌고서 자유를 찾아 주머니 밖으로 나오려고 몸부림을 쳤다.

할머니가 예쁘게 장식된 케이크를 들고 문간에 나왔다.

"시간 맞춰들 왔네요. 바쁘겠지만 케이크 한 쪽 먹을 시간은 있겠지요?"

"저희가 좀 바쁜데……. 앗, 그런데 지금 케이크라고 하셨습니까?"

못된 사내가 바쁜 척을 하다 케이크 소리에 말꼬리를 흐리며 물었다.

"그래요, 케이크. 방금 다 만들었거든요!"

"케이크라는데 사양할 수는 없지요, 안 그래?"

못된 사내가 동료의 어깨를 툭 치며 말했다.

"자, 소파에 앉아요. 힘들게 옮겼는데 한번 앉아는 보셔야지!"

페니가 막 주머니 밖으로 나오려는 순간, 못된 사내가 소파에 주저앉는 통에 페니는 다시 엉덩이에 꾹 눌리고 말았다.

"케이크가 꿀맛이네요."

친절한 사내가 말했다.

"특별한 조리법 같은 게 있으신가요?"

못된 사내가 물었다.

페니는 못된 사내의 친절한 말투가 의심스러웠다.

"물론 있지요. 그런데 솔직히 케이크를 구울 분처럼 생기진 않으셨는데!"

사라 할머니는 그렇게 말하면서도 요리책을 가지러 부엌으로 갔다.

"저야 그렇지요. 하지만 아내가 요리하는 걸 좋아해서요."

못된 사내가 할머니의 등 뒤에 대고 말했다.

그 순간, 페니는 그가 자기뿐 아니라 할머니의 요리법도 훔치려 한다는 걸 눈치챘다.

'자기 아내가 우리 동네 케이크 굽기 대회에서 입상하게 하려는 거야!'

할머니가 요리책과 종이를 들고 거실로 돌아왔다.

"미안하지만 펜을 찾을 수가 없네요. 사라, 가서 필통을 좀 가져올래?"

"그럴 필요 없습니다. 저한테 연필이 있거든요!"

못된 사내가 뒷주머니에 손을 넣어 페니를 꺼내면서 말했다.

때는 이때다 싶어 페니는 신청서를 끌고 나와, 쿠션 뒤에 떨어뜨렸다. 못된 사내가 페니를 가지고 글씨를 쓰기 시작

했을 때, 사라가 깜짝 놀라 저도 모르게 혼잣말을 했다.

"어? 저건 랄프의 연필인데!"

"뭐라고 했니, 사라?"

할머니가 물었다.

"저건 랄프가 아끼는 연필이에요! 며칠 전에 없어졌다고 엄청 속상해했어요. 랄프가 소파 뒤에 떨어뜨린 걸 저 사람이 슬쩍했나 봐요!"

사라는 화난 눈으로 못된 사내를 노려보며 말했다.

할머니가 웃음을 터뜨렸다.

"아유, 사라! 랄프가 아끼는 연필이랑 똑같은 연필들이 많을 거야. 너도 똑같은 게 있잖니!"

하지만 사라의 생각은 바뀌지 않았다. 사라는 케이크를 오물거리며 못된 사내를 째려보았다. 사내도 사라를 노려보고는 계속해서 조리법을 옮겨 적었다.

페니는 사라가 자기를 알아봐 주어 너무도 기뻤다. 그리고 뭐 이런 못된 사람이 다 있나 싶었다. 연필을 훔친 것도 모자라 케이크 굽는 법까지 훔치다니! 페니는 자기가 할 일이 무엇인지 확실히 알았다. 필통 세계의 규칙을 어겨서라도 사

내가 쓰는 것을 바로잡아 줘야, 아니 사내가 엉터리로 쓰게

해야겠다고 결심했다.

　페니는 '케이크 믹스 3컵' 대신 그냥 '밀가루 2컵'이라고 적

었다. '바닐라액 1작은술' 대신 '겨자 1큰술'로 적었다. 또

'중간 온도 오븐에서 한 시간 굽기' 대신 '높은 온도 오븐에

서 한 시간 삼십 분 굽기'라고 적었다. 조리법을 다 적을 즈

음 페니는 마음이 흐뭇했다.

"운반비는 얼마인가요?"

두 사람이 케이크를 다 먹자 할머니가 물었다.

"미리 가격을 정하지 않았던가요?"

못된 사내가 음흉하게 물었다.

"그런 기억이 없는데……."

할머니가 대답했다.

사라는 사내의 태도가 미심쩍어 못마땅한 눈길로 바라보았다.

"그렇다면 맛 좋은 케이크도 대접 받았으니, 운반비를 깎아 드리지요. 이봐, 가서 차 시동을 걸지 그래?"

못된 사내가 동료에게 말했다.

"나더러 운전하라고?"

동료는 신이 나서 물었다.

"내 마음이 변하기 전에 어서 가 보라고!"

못된 사내가 선심 쓰는 척하며 말했다.

"오케이, 알았어!"

못된 사내에게서 열쇠를 건네받은 동료는 사라의 머리를

쓰다듬어 주고 밖으로 나갔다.

동료가 나가자 못된 사내는 페니를 들고 영수증에 '25유로'라고 적힌 부분을 지우고, '30유로'라고 적으려 했다. 하지만 페니가 눈치채고 '3' 대신 '2'라고 적게 만들었다. 사내가 할머니에게 영수증을 내밀었다.

"여기 있어요."

할머니가 20유로짜리 지폐를 주었다.

못된 사내는 손을 내밀고 할머니가 돈을 더 주길 기다렸다.

할머니가 눈살을 찌푸리며 말했다.

"젊은이, 팁을 받으려고 운반비를 깎아 준 거라면 말이 안 되지!"

못된 사내가 영수증을 보고는 어리둥절했다. 분명히 30유
로라고 적은 줄 알았는데, 20유로로 적혀 있었다.

"저기……, 네……. 물론이지요. 안녕히 계십시오."

그는 돈을 챙겨서 페니를 뒷주머니에 넣었다. 신청서가
없어서 주머니 속 공간이 넉넉했다. 페니는 주머니 위로

나가려고 버둥거렸지만 주머니 끝까지 채 올라가기도 전에
못된 사내가 사라의 집을 나왔다. 페니가 겨우 고개를 내
밀었을 때는 문을 닫는 사라의 찡그린 얼굴이 점점 멀어지
고 있었다.

11

1등짜리 케이크 굽기

"이제 쿠션 커버의 얼룩을 지워 볼까? 내가 세탁실에 물을 받아 놓을 테니까 너는 가서 커버를 벗겨 올래?"

할머니가 사라를 거실로 데려가며 말했다.

사라가 소파로 다가가 연필 얼룩이 있는 쿠션을 들어 올리자 '우리 동네 케이크 굽기 대회' 참가 신청서가 툭 떨어졌다.

"할머니! 내일 '우리 동네 케이크 굽기 대회'가 열린대요! 1등 상금이 500유로나 되나 봐요. 우리도 참가해요!"

사라가 세탁실로 뛰어가며 소리쳤다.

할머니는 신청서를 읽고 시계를 보더니, 아쉽게 고개를 저었다.

"사라, 오늘 아침에 마지막 남은 베이킹파우더를 다 썼단다. 게다가 지금은 상점이 문 닫을 시간이라……."

"제가 자전거 타고 다녀올게요. 지름길로 가면 차 타고 가
는 것보다 훨씬 빨리 갈 수 있어요. 어서요, 할머니!"

사라가 흥분해서 말했다.

"음, 그렇다면 어디 참가해 볼까? 자, 여기 지갑을 가져가.
할머니는 반죽할 그릇이랑 케이크 틀을 씻어 놓을게. 네가
돌아올 즈음 바로 시작할 수 있게 말이야."

사라의 간절한 마음을 읽었는지 할머니도 마음을 바꾸

었다.

사라는 1초도 낭비하지 않았다. 자전거에 올라타자마자 있는 힘을 다해 페달을 밟으며 상점으로 향했다. 맥페이퍼 문구점 앞을 지나던 사라는 진열장에서 색연필 세트를 보았다.

'내일 할머니가 1등을 하면, 저 색연필 세트를 살 수 있을 거야!'

사라는 속으로 중얼대며 더 힘껏 페달을 밟았다.

다행히 사라는 상점이 문을 닫기 직전에 도착했고, 마지막으로 남은 베이킹파우더를 살 수 있었다.

사라가 숨을 몰아쉬며 집에 도착했을 때 할머니는 부엌을 말끔히 정돈하고, 필요한 재료들을 조리대에 내놓고, 베이킹 파우더를 기다리고 있었다.

"여기 있어요, 할머니."

사라는 다른 재료들 옆에 베이킹파우더를 내려놓고, 높은 의자에 올라가 앉았다. 할머니가 빵을 구울 때면 늘 구경하는 자리였다.

"뭐 하고 있어?"

"케이크 구우시는 걸 구경하려고요!"

"그 전에 사라 네가 할 일이 있어. 할머니가 쓴 신청서 한 번 봐 줄래?"

사라는 신청서를 찬찬히 훑어보았다. 할머니가 필요한 내용을 다 적어 놓았지만, 한 군데 실수가 있었다.

"할머니, 한 군데가 잘못됐어요. 글래디즈 모나건이라고 적어야 하는데, 사라 모나건이라고 쓰셨어요."

"아, 그거. 잘못 쓴 게 아니야."

할머니가 빙그레 웃으며 말했다.

"무슨 말씀이세요?"

사라가 눈을 동그랗게 뜨며 물었다.

"너한테 빵 굽는 법을 가르칠 생 각이야. 이제 혼자서 자전거 타고 상점에 가서 베이킹파우더를 사 올 만큼 컸으니, 케이크도 혼자 구 울 수 있을 거야."

"저 혼자서요?"

사라는 놀라서 되물으며 자기가 만든

케이크가 어떤 모양일지 상상해 보았다.

'한쪽이 주저앉아 모양이 엉망일 거야.'

사라는 색연필 세트를 떠올리며 고개를 떨구었다.

"걱정 말아요, 꼬마 아가씨. 넌 잘할 수 있어. 할머니가 옆에서 도와줄 거야."

할머니가 앞치마를 내밀며 말했다.

케이크를 굽는 일은 생각보다 어렵지 않았다. 할머니가 방법을 차근차근 설명하면서 계속 거들어 주었고, 사라도 실수하지 않았다.

마지막으로 할머니가 반죽을 오븐에 넣고 타이머를 맞추었다.

"자, 됐다! 이제 한 시간 동안 기다리는 거야. 벨이 울리면 1등감 케이크를 꺼내기만 하면 돼!"

사라는 정말 초조했다. 한 시간 내내 부엌 안을 오락가락하면서, 오븐을 100번도 넘게 들여다보았다. 마침내 타이머의 벨이 울렸다.

"할머니! 케이크가 다 구워졌어요!"

사라가 소리치자 할머니가 부엌으로 들어오며 말했다.

"쉿! 케이크가 주저앉기를 바라진 않겠지?"

할머니는 오븐용 장갑을 끼고 조심스럽게 케이크를 꺼낸 다음 철망으로 된 선반에 놓고 식혔다.

"사라, 잘 구워진 것 같다. 식혀서 장식을 해 보자."

사라는 마음이 놓였다. 케이크를 꾸미는 솜씨가 없으니 1등을 하려면 할머니의 도움이 필요했다.

한편, 못된 사내의 집에서는 일이 순조롭지 않았다. 페니는 못된 사내의 주머니에서 빠져나오는 것을 포기했다. 결국 계속되는 엉덩이의 씰룩거림과 악취를 참을 수밖에 없었다. 마침내 못된 사내가 트럭에서 내려 자기 집 안으로 들어갔다. 사라네 집처럼 고소하게 빵 굽는 냄새가 나는 게 아니라, 타는 냄새가 코를 찔렀다.

"이게 무슨 냄새야?"

사내가 조심스럽게 물었다.

"어디 갔다 이제 와?"

녹초가 된 여자가 소리를 빽 질렀다.

"오늘 아침에 일거리가 있다고 말했었잖아!"

사내는 투정 섞인 목소리로 대답했다.

"참가 신청서는 가져왔어?"

여자가 물었다.

페니는 사내의 뒷주머니 안에 있느라 여자 얼굴을 보진 못했지만 못된 사내의 아내인 듯했다.

"그보다도 멋진 일을 했지! 맛이 끝내주는 케이크의 조리법을 알아 왔거든!"

사내가 다른 주머니에서 잘못 베낀 종이를 꺼냈다.

"보다시피 끝내주는 케이크의 조리법은 나도 이미 알고 있
다고!"

여자는 숯처럼 까맣게 탄 케이크 틀을 남편
의 코밑에 들이밀었다.

"여보, 당신이 굽는 케이크도…… 언제나
맛이 좋지만…… 오늘 아침에 어느 할머니네
집에 소파를 배달했는데…… 그렇게 맛 좋은
케이크는 처음이었다니까……."

사내는 아내의 눈치를 살피며 말꼬리를 흐
렸다. 그리고 잠시 후 조심스레 다시 입을 열
었다.

"물론…… 당신이 평소 만드는 작품이랑 똑
같이 맛있더라고……. 그런데 이건 왜 이런
거야?"

"모르겠어. 조리법에 쓰인 대로 따라 했는
데 이래. 오븐에서 제때 꺼내려고 타이머를
다섯 개나 맞춰 놓았는데도 타 버렸지 뭐야!"

아내가 탄 케이크를 내팽개치며 징징댔다.

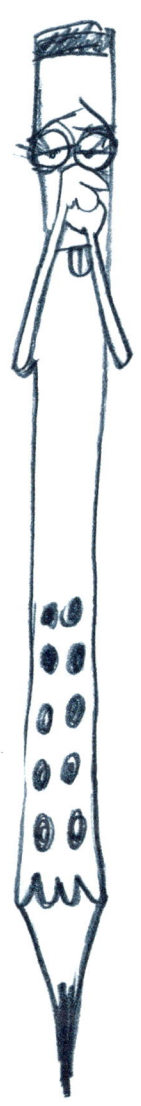

그러자 사내는 안절부절못하며 말했다.

"여보, 앉아서 좀 쉬지 그래? 엉망이 된 것은…… 그러니까 부엌은 내가 치울 테니까, 당신은 새 조리법으로 케이크를 다시 한번 구워 보는 거야. 그 할머니 아마 100살은 먹었을걸. 그런 노인이 당신보다 맛 좋은 아니, 당신 것만큼 맛있는 케이크를 구울 수 있다면 이 조리법으로 당신은 더 잘할 수 있을 거야. 안 그래, 여보?"

아내가 잠시 남편을 노려보더니, 조리법이 적힌 종이를 홱 빼앗으며 말했다.

"알았어! 칵테일이나 한 잔 가져다 줘!"

아내는 쿵쾅거리며 거실 의자로 가 털썩 주저앉았다. 사내가 얼른 칵테일을 만들어 아내에게 가져다주었다.

"이상하네. 케이크 믹스가 아니라 그냥 밀가루를 쓰고, 겨자를 넣다니……. 당신은 겨자를 싫어하는 줄 알았는데!"

아내가 고개도 들지 않고 술잔을 받으며 중얼댔다.

"케이크에 겨자를 넣었다고? 겨자 맛은 전혀 안 나던데……."

"그리고 한 시간 삼십 분이나 굽는다고? 너무 길잖아. 이거 제대로 베낀 거 맞아?"

"응, 그대로 베꼈어."

사내는 이를 악물고, 그릇의 탄 부분을 긁어내며 대답했다.

"이상해……. 암튼 다 정리되면 알려 줘, 알았지?"

아내가 고개를 갸우뚱거리며 말했다.

"물론이지요, 왕비 마마."

사내는 화를 억누르며 대답했다.

뒷주머니가 이상하게 흔들렸다. 못된 사내가 더 못된 아

내 때문에 고생하는 것을 페니가 통쾌하게 비웃는 바람에
벌어진 일이었다.

12

한밤중의 소동

필통 속에 있는 모든 필기구들이 잠을 자고 있었다. 짤막한 초록 색연필만 빼고……

"애, 노랑아. 자니?"

초록 색연필이 소곤댔다.

"아니, 잠이 안 와. 페니가 무사한지 걱정돼서."

노란 색연필이 대답했다.

"나도 그래. 검은 매직펜이 필기구 대청소를 한 뒤로 처음 있는 일이잖아. 이제 심이 검은 연필들이 다 없어졌으니, 곧 우리 차례가 되겠지?"

"그런 일은 없을 거야. 내가 있는 한 말이야."

어둠 속에서 굵직한 소리가 났다.

노란 색연필과 초록 색연필은 놀라서 눈을 번쩍 떴다. 누

군가 깨어서 자기들의 대화를 엿듣고 있는 줄은 미처 몰랐기 때문이다. 어두워진 뒤에는 대화가 금지되어 있었다. 둘은 매직펜이 노려보고 있을 거라 각오하며 천천히 몸을 돌렸다. 하지만 놀랍게도 목소리의 주인공은 수정액이었다!

"수정액, 어떻게 된 거야?"

노란 색연필이 물었다.

수정액은 아주 건강해 보였다. 게다가 근육이 탄탄해지고, 상표는 다시 깔끔하고 반들거리는 것이 마치 어둠을 비추는 등대 같았다.

"검은 매직펜이 유성펜을 시켜 날 짓밟았어. 하지만 이제 모든 게 달라졌어. 난 다시 태어난 기분이야. 그런데 페니가 어쨌다는 거야?"

노란 색연필과 초록 색연필은 난처한 표정으로 서로 쳐다보았다.

"검은 매직펜한테 쫓겨났어."

노란 색연필이 말했다.

"뭐라고? 무슨 이유로?"

수정액이 물었다.

"랄프의 수학 시험을 도왔다고."

노란 색연필이 말했다.

"한 번 당해 놓고도 모르나……. 언제 그런 일이 있었지?"

수정액이 혼잣말로 중얼대다가 다시 물었다.

"이틀 전에. 하지만 그게 다가 아니고……."

노란 색연필이 무슨 말을 꺼내려다 입을 다물었다.

"또 무슨 일이 있었는데?"

수정액은 마음이 급해졌다.

"쫓아내기 전에, 페니를 깎아 버렸어."

노란 색연필이 소곤댔다.

"흠, 그랬군."

화가 난 수정액은 매직펜들을 향해 몸을 돌렸다. 그러고는 성큼성큼 걸어가 검은 매직펜을 발로 툭툭 찼다.

"어디 있어?"

수정액이 화를 내며 물었다.

검은 매직펜은 화들짝 놀라서 깨더니, 눈을 가늘게 뜨고 말했다.

"설마…… 수정액 너냐?"

못 믿겠다는 말투였다.

"그래. 네 계획은 실패로 돌아갔어. 이젠 너에게 악몽 같은 일이 벌어질 차례야. 그 아이는 어디 있지?"

"어디 있냐니, 누구?"

검은 매직펜이 지우개를 깨우려고 걸어차며 말했다.

지우개는 멍한 표정으로 몸을 뒤척였다. 연필에서 깎여 나

온 톱밥을 씹고 있는 것 같았다. 수정액이 지우개의 입에서 톱밥을 빼냈다. 수정액은 그것이 페니를 깎은 톱밥이라는 걸 금방 알아챘다.

"마지막으로 묻겠다. 그 아이는 어디 있지?"

수정액이 페니의 톱밥을 검은 매직펜의 코밑에 들이밀며 물었다.

"난 전혀 모르는 일이다."

검은 매직펜이 딴전을 피웠다.

"그 아이한테 대체 무슨 짓을 한 거야?"

수정액이 천천히 물었다.

"페니는 스스로 그런 꼴을 당한 거라고!"

열띠게 오가는 소리에 잠에서 깬 다른 매직펜, 연필, 크레용 들이 무슨 일인지 궁금해서 모여들었다.

수정액이 다시 물었다.

"페니에게 정확히 무슨 짓을 한 거야?"

"당연히 필통 세계의 규칙을 어기면 받는 벌을 주었을 뿐이다. 두 번이나 어겼으니까."

검은 매직펜은 히죽대며 충성스러운 매직펜들에게 고갯짓을 했다. 그러자 매직펜들이 수정액을 에워쌌다.

수정액은 겁을 먹고 물러나기는커녕 매직펜들을 노려보았다. 그리고 숨을 깊이 들이쉬자 가슴과 팔 근육이 부풀어 올랐다. 그제야 매직펜들은 겁이 났는지 슬금슬금 꽁무니를 뺐다.

"네가 페니를 쫓아냈어?"

수정액이 조용히 물었다.

"쫓아내는 것으론 약하지. 랄프가 수학 시험을 잘 보게 도와줬으니, 깎이는 벌을 줄 수밖에!"

검은 매직펜이 악마같이 웃으며 말했다.

수정액은 믿을 수가 없었다.

"깎았다고? 페니가 뭉툭했나?"

"그래, 정말 뭉툭했어."

검은 매직펜이 심복들에게 고갯짓을 하자 매직펜들이 수정액을 다시 에워싸기 시작했다.

"페니가 뭉툭했다면 시험지에는 어떻게 글씨를 쓸 수 있었지?"

수정액은 다가오는 매직펜들을 아랑곳하지 않고 맞섰다.

검은 매직펜의 얼굴에서 이죽거리는 웃음이 사라졌다.

"저기, 그러니까……."

검은 매직펜이 말을 하려다 말고 주변을 두리번거렸다.

수정액은 검은 매직펜을 똑바로 쳐다보며 다가오는 매직펜들을 함께 노려봤다. 매직펜들은 멈칫하며 물러섰다.

수정액이 검은 매직펜에게 한 발자국 다가서며 다그쳤다.

"페니가 뭉툭했다면 글씨를 못 썼을 텐데, 안 그래? 네가 뚜껑을 잃어버려서 잉크가 마르면 글씨를 못 쓰는 것처럼 말이지."

수정액이 손을 쭉 뻗어 검은 매직펜의 뚜껑을 당겼다. 매

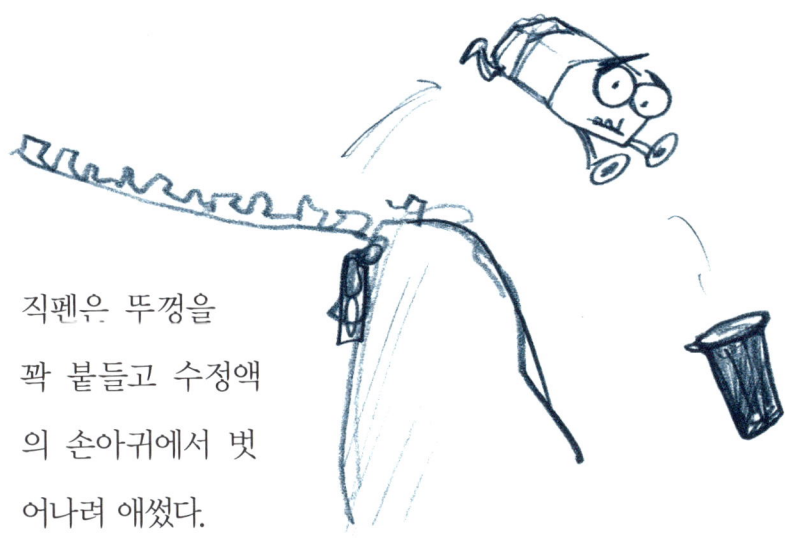

직펜은 뚜껑을
꽉 붙들고 수정액
의 손아귀에서 벗
어나려 애썼다.

"뭐 하고 있어! 어
서 수정액을 떼어 내!"

검은 매직펜이 지우개에게 소리쳤다.

지우개가 수정액의 발목을 물었지만, 수정액은 검은 매직
펜의 뚜껑을 꽉 움켜쥔 채로 지우개를 걷어찼다. 검은 매직
펜은 뒷걸음질을 치다 결국 필통 벽에 부딪쳤다. 더 물러날
데도 없고, 지우개나 다른 매직펜들의 도움을 받을 수도 없
으니 어쩔 도리가 없었다. 뚜껑이 천천히 위로 밀리기 시작
했고……, 천천히 그러다가…… 결국 '펑!' 하면서 검은 매직
펜의 뚜껑이 벗겨졌다.

"이봐, 지우개. 가서 가져와!"

수정액이 뚜껑을 필통 지퍼 밖으로 던지며 말했다.

지우개는 뚜껑을 잡으려고 펄쩍펄쩍 뛰다가 자기도 모르게 지퍼 밖으로 떨어졌다. 아차 잘못했다 싶었지만 이미 늦은 뒤였다.

수정액이 다시 검은 매직펜에게 눈길을 돌렸다.

"네가 페니를 쫓아냈을 때 필통은 어디 있었지?"

검은 매직펜은 대답하지 않고 악마 같은 미소만 지었다.

"이게 너의 마지막 기회다. 다시 묻지 않겠어. 네가 페니를 쫓아냈을 때 필통은 어디 있었냐고!"

수정액이 굵직하고 엄격한 소리로 한 번 더 물었다.

"랄프네 소파에."

검은 매직펜이 맥없는 목소리로 말했다.

수정액이 그제야 고개를 끄덕이며 몸을 돌렸다.

"어디 있는지 알아 봤자 소용없을걸."

검은 매직펜의 말에 수정액은 걸음을 멈추고 고개를 획 돌렸다.

"랄프 엄마가 소파를 팔아 버렸거든. 아마 오늘 아침에 사람들이 가져갔을걸?"

"뭐야?"

수정액이 소리쳤다.

"네가 잠든 사이 초록색 트럭이 와서, 네 귀염둥이 페니를 데려갔다는 말이지."

검은 매직펜이 흉악하게 웃었다.

한순간 수정액의 말끔한 상표에 윤기가 없어진 것처럼 보였다.

"이제 아시겠지. 네 영웅적인 행위도 아무 소용이 없다는 걸."

수정액이 초록 색연필과 노란 색연필에게 몸을 돌려 물었다.

"그게 사실이야?"

"그런 것 같아. 오전 열한 시쯤이었어."

초록 색연필이 대답했다.

"내가 다시 승리자가 된 것 같은데, 착한 수정액 나리. 뭐든 다 수정할 수 있는 게 아니라는 걸 이제 알겠지?"

검은 매직펜이 얄밉게 말했다.

수정액은 바닥을 내려다보며 서글프게 고개를 저었다.

"거기 너, 보라색! 뚜껑 이리 내놔!"

검은 매직펜이 명령했다.

수정액이 고개를 홱 들며 말했다.

"멈춰!"

보라색 매직펜은 뚜껑을 벗으려다가 멈추었다.

"ㄱ 뚜껑을 벗으면 넌 어떻게 되는지 알아?"

수정액의 말에 보라색 매직펜이 머뭇거렸다.

"넌 말라 버릴 거야. 못 쓰게 될 거라고. 검은 매직펜이 너였다면 뚜껑을 벗어 줬겠어?"

수정액이 나머지 매직펜들을 둘러보며 말했다.

"너희들 중 누구를 위해 그렇게 할 것 같아?"

매직펜들은 느릿느릿 고개를 저었다. 그러자 보라색 매직펜도 뚜껑에서 손을 떼고, 넌더리가 난다는 듯 검은 매직펜을 쳐다봤다.

연필들과 크레용들은 새삼 감탄의 눈길로 수정액을 보았다.

"검은 매직펜을 쫓아낼 거야?"

분홍색 크레용이 들뜬 목소리로 묻자 수정액이 검은 매직펜을 쳐다보며 대답했다.

"그건 본인에게 맡겨야지. 어쨌거나 잉크는 말라 버릴 테니까."

수정액이 눈을 돌려 필통 안을 둘러보며 말했다.

"자, 이제 그만. 월요일에 학교에 가려면 우리 모두 할 일이 많다고."

13

다시 길에 나서다

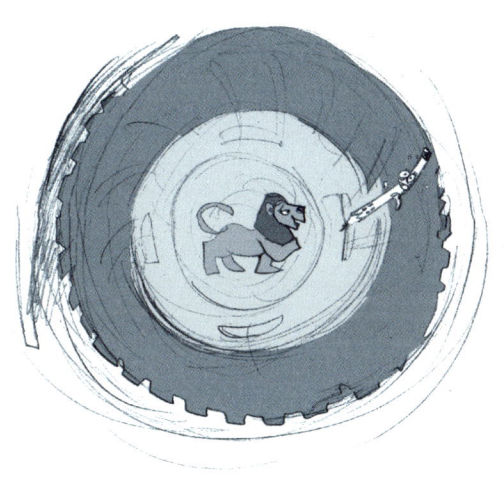

다음 날 아침 페니는 깨기가 힘들었다. 전날 못된 사내의 주머니에서 마구 흔들리고 고약한 냄새까지 맡은 뒤라 몸이 좋지 않았다. 게다가 못된 사내와 아내가 밤새도록 고래고래 소리를 지르며 싸우는 통에 잠도 제대로 자지 못했다. 둘은 엉터리 케이크를 오븐에서 꺼낼 때마다 싸움을 벌이면서도 계속 케이크를 구워 댔다. 처음에 페니는 사라 할머니의 비밀 조리법을 엉터리로 쓴 자신이 무척 대견했다. 하지만 아침에 아픈 몸으로 깨고 보니, 그게 정말 잘한 짓인지 의심스러웠다. 온몸이 쑤시고 머리가 욱신거렸다.

못된 사내가 전날 입은 바지를 다시 입자, 페니는 악취와 흔들림을 하루 더 견딜 수 있을지 걱정스러웠다. 주머니 꼭대기로 올라가 저 아래 마룻바닥에 몸을 던지고 싶었다.

'그러면 난 산산조각이 나겠지.'

걱정스레 상상하고 있을 때였다. 페니가 주머니 밖으로 고개를 내밀기도 전에 못된 사내가 걷기 시작했다. 사내가 다리를 뻗을 때마다 주머니 천이 당겨져 페니는 옴짝달싹할 수 없었다.

못된 사내는 몇 걸음 걷다 걸음을 멈추고 자상한 목소리로 말했다.

"우아, 대단해 여보! 정말 근사한걸!"

"새벽 네 시까지 고생하긴 했지만 이만하면 분명 1등일 거야."

아내가 말했다. 전날 페니가 들었던 것보다 한결 차분한 목소리였다.

"내가 가서 시동을 걸 테니까……."

"아니, 잠깐만!"

아내가 사내의 말을 끊으며 소리쳤다. 다시 어제의 날카로운 목소리가 살아났다.

"아니, 왜? 꽤 먼 길을 가야 하는데……."

"그 지저분한 바지를 입고 나를 '우리 동네 케이크 굽기 대회'에 데려다주려고? 당장 가서 바지 갈아입어! 빨리 가야 하니까."

"알았습니다. 왕비 마마."

못된 사내는 바지를 갈아입으러 침실로 향했다.

페니는 가슴이 철렁했다. 주머니 위로 고개를 내미니 식탁이 힐끗 보였다. 거기에는 사라 할머니가 구운 케이크만큼

이나 예쁜 케이크가 놓여 있었다!

못된 사내가 투덜대며 침실로 가더니, 바지를 벗어 바닥에 내던졌다. 페니는 안도의 한숨을 쉬었다. 이제 더 이상 흔들림과 악취를 견디지 않아도 되었다. 바지 천이 몸을 포근하게 감싸자 따스함과 안정감이 느껴졌다. 그 느낌을 맛보는 순간 무언가가 떠올랐다.

'뭐였더라? 음, 뭐랄까…… 마치 랄프의 필통 속 같아.'

바로 그거였다. 다만 여기는 색연필들과 매직펜들과 수정액이 없어서 복잡하지 않을 뿐이었다. 아차, 수정액! 어제 흥분한 채로 하루를 보내는 바람에 페니는 친구를 구해야 한다는 사실을 까맣게 잊고 있었던 것이다.

그때 사내가 침대 옆 탁자에서 열쇠를 집는 소리가 들렸다. 이어서 침실 밖으로 나가는 무거운 발자국 소리가 났다.

"안 돼! 돌아와! 날 두고 그냥 가면 어떡해!"

페니가 소리쳤지만, 희미해지는 발자국 소리와 함께 사내는 멀어졌다.

페니는 주머니에서 기어 나오려고 기를 쓰며 중얼댔다.

"케이크 굽기 대회에 가야 해! 사라가 분명 거기 올 거야.

지원서를 보고, 할머니한테 케이크를 굽자고 졸랐을 테니까. 사라는 날 보면 바로 알아보고 랄프에게 데려다주겠지?”

바지 천이 하도 무거워서 페니는 몸을 움직이기가 어려웠다. 안간힘을 쓰고 버둥거린 끝에 마침내 바지에서 벗어났다. 주위를 둘러보니 복도로 나가는 문이 보였다. 마룻바닥은 식탁 위보다 구르기가 훨씬 쉬워서 페니는 곧 복도를 굴러 부엌으로 갔다. 바로 그때 사내의 아내가 케이크를 들고 밖으로 나가는 것이 보였다.

“안 돼에!”

페니는 문이 닫히려 하자 전속력으로 부엌 바닥 위를 데 굴데굴 구르며 소리쳤다. 하지만 겨우 문에 닿는 순간, 문이 쾅 하고 닫히는 바람에 페니는 쓰러지고 말았다. 문 아래쪽에 머리를 부딪쳤고, 발이 공중에서 버둥댔다. 페니는 옆으로 재주넘기를 하다가 다시 문에 부딪치고 말았다. 그래도 발만은 멈추지 않고 계속 까딱이며 문을 밀었다. 문은 머리를 부딪쳤을 때처럼 차갑고 단단하지 않았다. 오히려 고무 같은 느낌으로 약간 말랑말랑했다. 그것은 고양이가 드나드는 문이었다! 정신을 차리고 나니 자기가 현관 밖으로 나와, 눈을 가늘게 뜨고 햇빛을 보고 있다는 걸 알았다.

눈을 몇 번 깜빡이다가 주위를 둘러보니, 집 앞 차도 끝에 차 한 대가 있었다. 못된 사내의 아내가 조심조심 뒷좌석에 케이크를 싣고 있는 것이 눈에 들어왔다. 케이크를 싣고 문을 닫은 다음 조수석에 타려면 10초쯤은 걸릴 터였다. 페니에게 기회가 온 것이다!

페니는 몸을 밀어서 계단 쪽으로 굴러가다가 우뚝 섰다. 맨 위에서 아래까지는 다섯 계단으로 페니에겐 제법 먼 길이었다. 필통에서 부드러운 쿠션으로 떨어졌던 것과는 달

리, 여기는 콘크리트
였다. 페니는 계단 끄
트머리를 넘겨다보면
서 몸을 떨었다. 연필심,
가운데 토막, 몽당이가 콘크
리트에 부딪쳐서 어떻게 되었는지
생각났다. 차 문 닫히는 소리가 나자 고
통받고 있을 수정액이 떠올랐고, 동시에 페니
는 힘껏 몸을 밀었다.

　계단 중간에 있는 좀 넓은 곳으로 굴러가서 첫 번째 계단
에 뺨을 부딪치고, 두 번째 계단에서는 엉덩이에 멍이 들었
다. 세 번째 계단에서는 얼굴이 납작해졌고, 네 번째 계단
에서는 정수리를 부딪쳤다. 마지막 다섯 번째 계단은 건너
뛰어서 그대로 바로 아래 콘크리트에 들이받고 말았다.

　자동차에 시동 거는 소리가 들렸다. 페니는 어지럽고 정신
이 없었지만, 저도 모르게 얼른 소리 나는 곳으로 굴러갔
다. 말랑말랑한 무언가에 머리를 부딪치고, 다리가 공중으
로 치솟았다. 그러고는 곧 발이 단단한 데 꽉 끼었다.

페니는 몸이 점점 빨리 돌아가면서 심한 멀미를 느꼈다. 몇 분이 몇 시간처럼 느껴지더니, 드디어 회전이 멎었다. 마침 누군가 비웃는 듯한 소리가 들려왔다.

"어지럽지?"

굵은 목소리였다.

페니는 머리가 빙글빙글 돌았다. 눈을 떠 보니, 사자 열 마리가 자기를 쳐다보며 웃음을 터뜨리는 것 같았다.

"좀 어질어질해. 너희들은 누구니?"

페니가 물었다.

"너희들이라니? 나 하나뿐인데! 네가 어지럽긴 어지러운가 보구나……."

아까 그 목소리였다. 곧이어 목소리가 귓가를 맴돌면서 사자 몇 마리가 사라지는가 싶더니 갑자기 한 마리가 되었다.

"도대체 무슨 일이야아아아아?"

어리벙벙해진 페니가 외쳤다.

엔진 소리가 커지면서 다시 회전이 시작되었다가 다행히 금세 멈추었다. 페니가 둘러보니 이번엔 사자가 여섯 마리로 보이다 결국 하나로 모아졌다.

사자가 말했다.

"교통 체증이 심해서 그래. 이제 곧 차가 달리게 되면 우린 또 잠깐 헤어지게 될 거야."

"그런데 네가 누구랬지?"

페니는 정신을 차리려고 애쓰며 물었다.

"참, 내가 대답을 안 했네. 내 이름은 레오야. 자동차 바퀴 휠캡이지. 먼지나 모래가 바퀴 안으로 들어가는 걸 막아 주는 뚜껑이야. 그러는 너는 누군데?"

"난 연필이야아아아아!"

페니의 대답과 동시에 다시 회전이 시작되었다. 그러다 차가 다시 멈추자, 레오가 페니 곁으로 왔다.

"연필? 그게 뭐 하는 건데?"

사자 네 마리가 동시에 물었다.

페니는 레오가 하나가 될 때까지 기다렸다가 설명했다.

"글씨를 써. 사람들이 날 잡고 종이 위에서 움직이면, 난 발가락으로 종이에 글씨를 남기지. 너느으으으으은……"

다시 시동이 걸리면서 페니는 뱅글뱅글 돌았다. 못된 사내의 주머니 속에서 느끼던 것과는 비교도 안 되는 흔들림이었다!

"난 타이어에 반갑잖은 개들이 와서 오줌 누는 걸 막기도 해. 내가 맘먹고 크게 한 번 소리치면 아무리 큰 개라도 꽁무니를 빼고 도망친다니까!"

레오 셋이 으쓱대며 말했다.

"넌 연필이라면서 어쩌다 자동차 바퀴의 휠캡에 끼게 됐는지 말해 봐."

레오 둘이 말했다.

"내가 지금 어디에 있다고오오오?"

또다시 차가 움직이자 페니는 다시 빙빙 돌기 시작했다. 이번에는 속도를 달리하면서 회전이 아주 오래 계속되었고, 마침내 차가 멈추었다.

페니는 한참 지난 후에야 엔진 소리가 완전히 멈추었다는 것을 알았다. 차 문 열리는 소리가 났고, 발 하나가 보였다. 부엌문을 닫으며 밖으로 나가던 바로 그 발, 그러니까 못된 사내의 아내였다.

그 발이 멀어지기 시작하자, 페니는 휠캡에서 빠져나가려고 버둥댔다. 하지만 발가락이 너무 단단히 끼어서 꼼짝할 수가 없었다.

"여기까지 여행이 어떠셨나, 사랑스러운 우리 아가?"

못된 사내의 아내가 뒷문을 열고 케이크를 살피며 간드러진 소리를 냈다.

"음, 완벽해!"

아내는 만족스러운 듯 혼잣말을 하더니, 케이크를 꺼내 들고 차 문을 쾅 닫은 다음 남편과 함께 큰 건물로 향했다. 차 문을 어찌나 세게 닫던지, 페니의 발이 휠캡에서 쏙 빠졌다.

페니의 머리는 그대로 자갈 깔린 길에 곤두박질쳤다.

페니는 힘이 없었다. 수도 없이 머리를 부딪치고, 휠캡에 끼어 빙빙 돈 뒤라서 아까 깼을 때보다도 상태가 더욱 좋지 않았다. 자갈길을 굴러서 못된 사내 부부가 사라진 쪽으로 가보려 했지만, 몸을 밀 때마다 점점 자갈 틈으로 빠져들었다.

때마침 다른 차 한 대가 페니 옆에 와서 섰다. 문 열리는 소리가 나더니, 페니 바로 옆으로 두 발이 나타났다.

"내가 뭘 밟을 뻔했을까?"

친절한 목소리였다.

페니는 어떤 엄지와 검지에 둘러싸여 공중으로 들어 올려졌다.

"어머나! 누가 연필을 잃어버렸나 보네. 분실물 코너에 갖다줘야지!"

페니를 집어 든 여성이 자갈길을 사뿐사뿐 걷자, 페니는 잠이 솔솔 쏟아졌다.

대회장

14

우리 동네 케이크 굽기 대회

"사라, 할머니가 내려서 네 무릎에 놓인 케이크를 들 때까지 안전띠를 풀지 마라. 케이크가 상자에 닿아서 장식이 뭉개지면 안 되니까!"

"알았어요, 할머니."

사라는 꼼짝 않고 앉아서 대답했다.

집에서 대회가 열리는 강당까지 케이크를 조심조심 가져왔는데, 마지막 순간에 일을 망치고 싶진 않았다! 할머니가 문을 열고 사라의 무릎에서 케이크를 들어내자 사라는 떨리는 손으로 안전띠를 풀었다.

"대회장 안까지는 내가 들고 가는 게 좋겠다."

할머니 말씀에 사라는 고개를 끄덕이며 안도의 한숨을 쉬었다.

대회장 앞에는 갖가지 케이크 상자를 든 사람들이 줄지어
서 있었다. 투명한 플라스틱 상자와 종이 상자를 비롯해 접
시에 케이크를 담고 랩만 씌운 용감한 사람들도 있었다!

사라와 할머니는 줄을 서서 한참 기다렸다. 그사이 사라
는 점점 초조한 마음이 들면서 케이크를 들고 있었으면 분

명 떨어뜨렸을 것 같다는 생각도 했다.

마침내 참가 접수를 하는 장소에 도착했다. 접수대에 앉은 담당자가 사라와 할머니에게 미소를 지으며 참가 신청서를 받았다.

"글래디즈! 지난번에 여기서 뵙고는 정말 오랜만이네요. 다시 참가하신 것을 보니 기뻐요."

"참가하는 사람은 내가 아니에요. 이번엔 내 손녀 사라가 참가하게 됐어요."

할머니가 뿌듯한 표정을 지으며 말했다.

"아, 그렇군요. 사라, 네가 할머니 솜씨의 절반만 되어도 틀림없이 좋은 결과를 얻을 거야. 자, 네 참가 번호는 105번이야. 그럼 행운을 빈다."

접수 담당자가 사라에게 105라고 쓰인 접수 카드와 안내문을 주었다. 안내문에는 케이크를 올려놓을 테이블 위치가 그려져 있었다.

사라와 할머니는 강당으로 들어갔다. 105번 테이블을 찾는 것은 그리 어렵지 않았다. 할머니는 케이크 상자 뚜껑을 열어서 테이블에 뒤집어 놓은 다음 그 위에 케이크를 올렸다. 케이크는 정말 환상적이었다! 사라는 1등은 못 해도 최소한 2등이나 3등은 할 자신이 있었다.

"이제 다른 케이크들을 둘러보러 갈까?"

할머니가 말했다. 할머니는 요리 감각이 워낙 뛰어난 데다 늘 요리에 대한 새로운 아이디어를 떠올리곤 했다. 물론 못된 사내처럼 남의 조리법을 훔칠 생각 따위는 꿈에도 하지 않았다.

사라와 할머니가 98번 테이블을 지날 무렵, 웬 부부가 시끄럽게 말다툼하는 소리가 들려왔다.

"어제 참가 신청서를 가져오라고 했잖아!"

"신청서를 받아 왔대도 그러네! 틀림없이 어제 입었던 바지 주머니에 있을 거야. 당신이 아침에 바지 갈아입으라고 성화를 부리지만 않았어도……."

"어떻게 이삿짐 옮길 때 입는 지저분한 옷을 입고 이런 대회에 온다는 거야? 내가 1등을 해도 남편 옷차림이 엉망이면 꼴이 얼마나 우습겠어! 이렇게 뒤쪽 자리에 처박혀 있으니, 1등 할 기회도 없겠지만. 일찍 오기만 하면 뭐 해? 참가 신청서 쓰느라 좋은 자리들은 죄다 놓치고 말았는데……."

시끄러운 소리에 사라는 신경이 쓰였다. 주위를 둘러보니, 랄프의 연필을 훔쳐 간 사내가 보였다. 그렇다면 사내가 입

씨름을 벌이는 여자는 사내의 아내가 틀림없었다. 사라가 할머니에게 저기 좀 보라고 손짓하려는 순간, 그들의 케이크를 보았다. 사라가 할머니와 함께 구운 케이크와 모양이 똑같았다!

사라가 할머니의 소매를 끌면서 다급히 말했다.

"저기 보세요, 할머니. 어제 소파를 가져온 사람이에요. 저 아저씨가 할머니의 조리법을 베꼈다고요! 보세요!"

할머니는 사라가 손짓하는 곳을 쳐다보며 눈을 가느다랗게 뜨고 말했다.

"쯧쯧! 어제도 수고비를 바라고 기다리는 품이 수상쩍다 싶더니만. 케이크까지 대접했는데 그걸로도 모자라서, 배짱 좋게 내 케이크 조리법을 그대로 베끼다니!"

"랄프의 연필도 훔쳤고요!"

사라가 거들었다. 마침내 사내가 나쁜 사람이라는 것을 할머니가 알게 되어 다행이라고 생각했다.

할머니는 고개를 쭉 빼고 케이크를 찬찬히 살폈다.

"별로 걱정할 필요는 없을 것 같네. 케이크는 맛으로 승부해야 하는데, 내가 항상 넣는 비밀 재료가 따로 있지. 조리법에는 나오지 않지만 말야."

"그러니까……."

"쉿! 다른 사람이 들으면 곤란하지."

할머니가 사라에게 주의를 주었다.

그때 스피커에서 안내 방송이 나왔다.

"참가자 여러분, '우리 동네 케이크 굽기 대회'에 오신 것을 환영합니다. 이제 곧 심사가 시작됩니다. 대회에 참가하러

오신 분들은 자기 케이크가 놓인 곳으로 가 주십시오. 심사 위원이 도착했을 때 자리에 없으시면, 출전 자격이 박탈됩 니다."

"얼른요, 할머니! 자리로 가서 우리도 심사를 받아야죠!"

사라가 할머니를 105번 테이블로 이끌었다.

105번 테이블에서는 98번 테이블이 잘 보였다. 98번 테이블의 케이크와 사라의 케이크를 가리키며 쳐다보는 사람들도 몇 있었다. 이제 사라는 초조한 게 아니라 화가 났다. 심사 위원들은 105번에 오기 전에 98번 테이블에 먼저 갈 터였다. 그러면 사라와 할머니가 못된 사내 부부의 케이크를 흉내 냈다고 생각할 수도 있었다. 사실은 그 반대인데!

마침내 심사 위원들이 98번 테이블에 도착했다.

"와, 모양이 훌륭하네요!"

남자 심사 위원이 말했다.

"올해도 자랑스러운 작품을 만들었군요, 뮤리엘."

여자 심사 위원이 말했다.

"모양은 10점 만점에 10점입니다. 이제 맛을 볼까요?"

남자 심사 위원이 사과 씨를 빼는 기구 같은 것으로 케이크를 콕 찔렀다. 기구를 빼내자, 케이크가 조금 담겨 나왔다.

"숙녀 먼저!"

남자 심사 위원이 케이크를 여자 심사 위원에게 주면서 말했다. 여자 심사 위원은 손에 케이크를 묻히더니, 고개를 젖히고 케이크를 입에 넣었다. 그런데 갑자기 기침을 하기 시작했다.

"사레가 들렸나 보네요."

옆에 있던 남자 심사 위원이 등을 두드려 주었다.

여자 심사 위원은 몸을 홱 돌려 남자 심사 위원의 팔을 잡으며 말했다.

"등은 그만 두드리고 직접 맛을 보세요!"

여자 심사 위원은 얼굴이 빨개지고 눈에 눈물이 고였다. 마치 먹어서는 안 되는 것을 맛본 표정이었다. 이번엔 남자 심사 위원이 나머지 케이크를 입에 넣었다. 역시 기침을 하기 시작했다.

못된 사내와 아내는 두 심사 위원을 번갈아

쳐다보았다.

"혹시 뭐가 잘못됐나요?"

아내가 물었다.

"모양은 10점이지만, 맛은 마이너스 7점입니다. 최종 점수는 20점 만점에 3점!"

남자 심사 위원이 화를 내며 말했다.

"20점 만점에 3점이요? 어떻게 맛에 마이너스 점수를 줄 수가 있죠?"

못된 사내의 아내가 벌컥 화를 냈다.

"케이크 맛을 보긴 한 거예요, 뮤리엘?"

여자 심사 위원이 물었다.

"저기……. 아니요, 저는……."

"그럼 직접 맛보세요. 맛을 보면 마이너스 7점도 후한 점수라는 걸 알게 될 테니까!"

심사 위원들은 몸을 돌려 옆 테이블로 갔다. 못된 사내의 아내는 케이크를 집어 들더니, 남편 얼굴을 향해 던져 버렸다. 강당에 있던 사람들이 웃음을 터뜨렸다. 할머니가 알 만하다는 듯 사라에게 눈을 찡긋했다.

"둘이 디저트를 먹는가 보네!"

할머니가 웃으며 말했다.

몇 분 후, 심사 위원들이 105번 테이블로 왔다.

여자 심사 위원이 남자 심사 위원에게 속삭였다.

"세상에, 이럴 수가! 뮤리엘이 구운 케이크와 똑같네요. 이번에도 그 맛을 봐야 하나요?"

사라 할머니가 큰 소리로 말했다.

"이 케이크가 98번 테이블에 있는 것보다 훨씬 맛이 좋을 걸요. 우리 집안에 내려오는 조리법으로 만들었거든요. 내가 내 할머니에게 배웠고, 어제는 내 손녀가 훌륭한 솜씨를 보였지요."

여자 심사 위원은 할 말을 잃었다. 사라는 할머니가 누구에게 이렇게 구구절절 말하는 것을 본 적이 없었다. 사라가 집을 어지르거나 밤까지 숙제를 안 했을 때만 빼고.

남자 심사 위원은 사라 할머니가 무슨 말을 더 하기 전에 기구를 케이크에 찔러 넣었다. 그리고 숨을 멈추고, 케이크를 조금 떼어 입에 넣었다. 케이크를 입에 넣는 순간 남자 심사 위원은 얼굴에 환한 미소가 번지며 잠시 동안 아무 말도 하지 못했다!

"사라와 할머니는 모양과 맛에서 모두 10점씩 받을 자격이 있는 것 같네요! 어떻게 생각해요?"

남자 심사 위원이 여자 심사 위원에게 물었다.

여자 심사 위원이 못 믿겠다는 표정으로 쳐다보더니, 케이크를 조금 집었다. 케이크를 입에 넣자마자 여자 심사 위원의 얼굴에도 역시 미소가 피어났다.

"네, 우리가 1등을 찾아낸 것 같네요!"

여자 심사 위원은 점수표의 105번 칸에 큼지막하게 10점두 개를 적어 넣었다.

사라는 할머니를 보고 활짝 웃었다. 그리고 98번 테이블을 건너다보았다. 못된 사내의 아내가 쿵쾅거리며 밖으로 나갔고, 얼굴에 케이크를 뒤집어쓴 사내는 케이크 그릇을집어 들고 허둥지둥 아내를 쫓아가고 있었다.

심사 위원들은 2등과 3등을 정하기 위해 나머지 케이크들을 심사했다. 마침내 대회 측은 두 시에 공식적으로 입상자를 발표했다.

"먼저 오늘 참가해서 훌륭한 케이크를 선보여 주신 모든분들께 감사드리고 싶습니다. 이렇게 뛰어난 작품들을 심사

하는 일은 언제나 즐겁답니다."

남자 심사 위원이 뚱뚱한 배를 두드리며 말했다.

여자 심사 위원도 한마디 했다.

"이곳 헷지호그에 이렇게나 대단한 실력자들이 있는 줄은 미처 몰랐습니다. 여러분 모두를 축하하고 싶습니다."

남자 심사 위원이 다시 마이크를 넘겨받았다.

"더 말할 것 없이, 올해의 '우리 동네 케이크 굽기 대회' 입상자를 발표하겠습니다. 자, 발표해 주시지요."

"3등은 제니 윌리엄스입니다!"

"2등은 캐롤 노스!"

"그리고 영예의 1등은 최연소 참가자인 사라 모나건에게 돌아갔습니다!"

사라는 스피커를 통해 자기 이름이 불리는 것을 듣고도 믿을 수가 없었다.

할머니가 사라를 꼭 안아 주었다. 잠시 후 갑자기 사람들이 몰려들어서 사진을 찍고 질문을 하기 시작했다.

"언제부터 케이크를 구웠나요?"

"어떤 재료를 사용했나요?"

"상금 500유로는 어떻게 쓸 생각이죠?"

"내일 학교에서 친구들에게 이야기할 일이 무척 기대되겠는걸요?"

모든 질문에 대답하고 나서 케이크와 나란히 사진 찍는 일이 끝날 무렵, 강당에는 할머니와 사라 그리고 시청 관리인만이 남았다.

사라와 할머니가 주차장 쪽으로 발걸음을 옮기는데 관리인이 쫓아왔다.

"잠깐만요!"

사라와 할머니가 뒤를 돌아보았다.

"혹시 연필을 잃어버렸나요? 분실물 상자에 마지막으로 이게 남았네요. 두 분 것이 아니더라도 그냥 가져가십시오."

관리인이 두 사람을 향해 손을 내밀었다. 순간, 사라는 그것이 랄프의 연필이라는 걸 알았다.

"할머니, 랄프의 연필이에요! 아까 그 못된 아저씨가 떨어뜨린 게 분명해요!"

사라가 흥분하며 말했다.

"고마워요. 우리 연필은 아니지만 내 손녀의 단짝, 랄프의 연필이라네요."

할머니가 관리인에게서 페니를 건네받아 사라에게 주었다.

사라는 다시는 잃어버리지 않으려고 페니를 손에 꼭 쥐었다. 그 무렵 깊이 잠든 페니는 사라의 따뜻한 손 안에서 줄 친 공책 위를 춤추듯 날아다니는 꿈을 신나게 꾸고 있었다.

15

드디어 다시 집으로

사라는 집에 돌아오자마자 필통을 꺼내서 페니를 안전하게 넣어 두었다. 지퍼 닫히는 소리에 페니가 잠에서 깼다. 쿠션 뒤로 떨어졌을 때처럼, 맨 먼저 주변에서 속닥거리는 소리가 귀에 들어왔다.

"정말 그 아이일까?"

"생긴 게 그래. 색깔도 똑같고……, 끝이 엉망이 되긴 했어도 최근에 한 번 깎인 것 같아."

"발가락이 결딴난 것 같은데……."

"발가락이 결딴나다니 그게 무슨 말이야?"

주변에서 여럿이 자기 얘기를 하고 있다는 걸 알고 페니가 물었다.

"저기……, 그게 말이야……, 심각하게 망가진 건 아니고,

네 발가락이 약간…… 뭐랄까…… 뭉개졌거든."

세 번째 목소리가 겁먹은 말투로 대답했다.

"누군가 잘 알지도 못하고 칼로 깎으려고 했나 봐."

다른 목소리가 조심스럽게 말했다. 다들 '깎으려고'란 말
에 숨을 멈추었다.

페니는 발가락을 내려다보았다. 휠캡에 끼었던 발목의 양

쪽에 상처가 나 있었다. 빠져나오려고 발가락을 꼼지락대다
가 생긴 상처였다.

"그런데…… 네가 정말 페니니?"

누군가 물었다.

"맞아, 내가 페니야. 너희들은 다 누구니?"

"우린 사라의 필기구들이야!"

필기구들이 합창하듯 대답했다.

"사라? 랄프의 친구 사라? 그러니까 사라가 날 찾은 거란 말이야?"

페니는 눈물이 핑 돌았다.

"물론이지. 그건 그렇고 내 이름은 폴리야."

페니와 똑같이 생겼지만 발목에 상처 하나 없이 깨끗한 연필이 말했다.

"사라가 내일 우릴 학교에 데려갈까?"

페니는 내일이면 랄프와 필기구들을 다시 만날 수 있다는 게 믿기지 않았다.

"당연하지! 사라는 벌써 가방을 다 싸 놓았는걸. 내일 아침 여덟 시면 우린 출발이야!"

"그럼 나도 갈 수 있어?"

페니가 물었다.

"당연히 너도 갈 수 있지! 왜 같이 못 갈 거라고 생각하니?"

폴리의 말을 듣고도 페니는 잠시 머뭇거렸다.

"그건 말이지……, 매직펜들이 날 랄프의 필통에서 쫓아 내서……."

"에잇, 나쁜 놈들!"

매직펜들 이야기가 나오자 폴리가 흥분했다.

"나쁜 놈들이라니, 그게 무슨 말이야?"

페니가 물었다.

"수정액이 매직펜들을 말끔히 손봐 줬지. 이제 더 이상 누구도 괴롭히지 못할 거야."

폴리는 뭔가 좀 아는 것처럼 말했다.

"수정액……?"

페니가 물었다.

"그래. 수정액이 모처럼 대단한 일을 해냈지! 하긴 한때는 아주 생기 넘치는 친구였고, 랄프의 필통 안에서 필기구들의 대장이기도 했으니까 말이야."

"대장?"

페니가 물었다.

"맞아. 필기구들의 사령관인 셈이지. 복잡한 필통 속을 잘 다스렸거든. 연필들은 항상 뾰족했고, 누구 하나 없어지는 일도 없었어. 모든 게 착착 정돈되어 있었다니까.”

폴리가 설명했다.

“수정액이 다른 연필들을 관리했단 말이야? 그래서 다들 수정액을 싫어한 거야?”

페니가 눈을 동그랗게 뜨면서 묻자 폴리가 좀 더 상세히 설명해 주었다.

“아니, 그게 아니지! 다른 연필들이 수정액을 싫어한 게 아니야. 수정액이 검은 매직펜에게 당하기만 하는 게 미웠던 거지. 검은 매직펜과 달리 수정액은 아주 공평한 지배자였어. 사실 지배한 것도 아니야. ‘수정’했을 뿐이지……. 내 말 이해하겠니? 수정액은 다른 필기구들의 얘기를 잘 들어주었고, 색깔로 편애하지 않았어. 다들 한 팀이 되어 행복하게 일했지. 반면에 검은 매직펜은 독재자였어. 성질이 아주 사나웠고, 누구의 말도 들으려 하지 않았지. 어떤 필기구가 랄프나 동료들에게 조금 인기 있다 싶으면, 나쁜 소문을 퍼뜨리고 쫓아낼 궁리를 했다고.”

페니는 왜 수정액이 이런 말을 전혀 하지 않았는지 궁금했다.

"검은 매직펜이 어떻게 수정액을 밀어냈는데?"

"매직펜들이 필통에 들어온 지 얼마 안 돼서 수정액과 검은 매직펜 사이에 큰 싸움이 벌어졌어. 검은 매직펜은 일부러 실수를 저질렀고, 랄프는 그걸 지우려고 계속 수정액을 써 댄 거야. 수정액은 점점 힘이 약해졌고, 그 틈을 타 검은 매직펜이 대장 자리를 차지했지. 또 술수를 부려 필기구들이 수정액에게 등을 돌리게 만들었고, 매직펜 군대와 악마 같은 지우개를 동원해 모두를 겁에 질리게 했지 뭐야."

"그런데 수정액이 어떻게 검은 매직펜을 혼내 준 거야?"

페니가 물었다.

그러자 폴리가 싱긋 웃으며 대답했다.

"너랑 관계가 많아."

"뭐? 나랑?"

"그래, 너랑. 네가 랄프의 공부를 위해 애쓰는 모습을 보고 수정액은 자기 젊은 시절이 생각났지. 젊고 희망이 있다는 게 뭔지 떠오른 거야. 필기구들이 뭉쳐서 즐겁게 살지 못

하고, 늘 공포에 떨어야 한다는 것도 슬펐고."

"아, 그랬구나……."

페니가 혼잣말을 했다.

"검은 매직펜이 너를 쫓아낸 그날 밤, 큰 변화가 생겼어. 검은 매직펜은 수정액을 짓밟는 데 유성펜을 이용하는 실수를 저지른 거지. 수정액은 처음엔 아찔한 냄새에 기운이 빠져 정신을 잃었지만, 잉크 냄새를 맡자 기운을 되찾았어. 며칠 후 수정액과 검은 매직펜이 큰 싸움을 벌였는데, 수정액이 검은 매직펜의 뚜껑을 벗겨서 필통 밖으로 던져 버린 거야. 결국 얼마 안 가 검은 매직펜은 바싹 말라 버리고 말았지."

폴리의 열띤 설명이 이어졌다.

"하지만 지우개와 다른 매직펜들도 있었을 텐데?"

"검은 매직펜 말이라면 껌뻑 죽는 지우개는 검은 매직펜의 뚜껑을 찾으러 필통 밖으로 튀어 나갔어. 그런데 다시는 나타나지 않았어. 수정액은 나머지 매직펜들에게 다른 필기구들과 잘 지내지 않으면 똑같은 꼴을 당할 거라고 으름장을 놓았고."

"이제 랄프의 필통은 행복해졌겠네?"

페니가 진지한 표정으로 물었다.

"그럼, 훨씬 행복해졌지. 사는 게 얼마나 힘들어질 수 있는지 알았으니까 수정액이 대장 자리를 되찾은 걸 다들 환영하고 있어. 너를 다시 만나면 모두 기뻐할 거야. 수정액이 제일 반길 거고. 네가 쫓겨난 게 자기 책임이라고 자책하고 있거든."

페니는 오랫동안 조용히 누워 있었다. 상상을 해 보라! 페니는 수정액을 구해야 한다고 생각했는데, 수정액은 오히려 자기가 페니를 구해야 한다고 생각했다니……. 그날 밤 페니는 달콤한 꿈을 꾸었다.

다음 날 아침, 페니는 필통이 덜컹대는 바람에 눈을 떴다.

"무슨 일이야?"

페니가 물었다.

"사라가 가방을 들었을 뿐이야. 넌 이제 곧 네 필통으로 돌아가게 될 거야."

폴리가 대답했다.

페니는 조바심이 났다. 사라의 필기구들이 친절히 대해 주긴 했지만, 얼른 돌아가 행복해진 랄프의 필통 속을 꼭 보고 싶었다. 모두가 친구인 광경을 말이다.

한참을 이리저리 흔들린 뒤, 마침내 필통 지퍼가 열리고 사라의 목소리가 들렸다.

"랄프! 내가 뭘 찾아냈는지 봐!"

사라의 손이 필통으로 들어오더니, 다른 필기구들 사이에서 페니를 찾아냈다.

"내가 아끼던 연필이네! 영영 잃어버린 줄 알았는데, 어떻게 찾았니?"

랄프가 페니를 손에 쥐고 입을 맞추며 말했다.

"너희 엄마가 주신 소파의 쿠션 밑에서."

사라는 못된 사내와 더 못된 아내에 관련된 이야기는 생략했다.

"잘됐다!"

랄프는 페니를 쥐고 종이에 이름과 날짜를 적으면서 말했다.

페니는 랄프의 손놀림을 따라 부지런히 움직였다. 그리고 집을 떠나 있는 동안 랄프의 맞춤법 실력이 좋아진 걸 보니

무척 기뻤다.

종이 울릴 무렵, 페니는 그 어떤 때보다도 쉬는 시간이 반
가웠다. 수정액과 필기구들을 만나고 싶은 마음이 간절했
기 때문이다. 세 쪽쯤 글씨를 쓴 다음, 랄프는 책을 챙기고
지퍼를 열어 페니를 필통 안에 넣었다.

"어서 와, 페니!"

연필, 크레용, 매직펜, 유성펜, 형광펜 모두 한목소리로 외쳤다. 다정해 보이는 새로운 지우개 가족도 보였다. 필통 속은 풍선과 리본 장식, '집에 돌아온 걸 환영해, 페니!'라고 쓰인 현수막으로 가득했다.

"집에 오니 참 좋아."

페니가 웃는 얼굴들을 돌아보며 말했다. 매직펜들까지도 반가워했다.

"그런데 수정액은 어디에 있어?"

페니가 물었다.

나란히 서 있던 보라색과 노란색 매직펜이 옆으로 비켜서자, 그 사이에서 수정액이 나타났다. 처음에 페니는 수정액을 알아보지 못했다. 정말 크고, 힘차고, 환해 보였다.

"수정액, 너 정말 수정액이야?"

페니가 놀라서 물었고, 수정액이 고개를 끄덕였다.

"다시 만나서 반가워……."

둘이 똑같이 입을 열었다.

"아, 먼저 말해."

"아냐, 네가 먼저 말해."

페니와 수정액은 서로 양보하느라 바빴다.

"알았어. 난 검은 매직펜이……."

둘이 또 똑같이 말을 시작하다 입을 다물고, 다시 서로가 먼저 말하기를 기다렸다.

"내 도움은 필요 없었던 것 같네……."

둘이 다시 똑같이 말하고 웃음을 터뜨렸다.

"네가 집에 오니 참 좋다."

수정액이 말했다.

"나도 집에 오니 정말 좋아."

페니도 미소 지으며 말했다.

새로 온 지우개가 관심을 끌려고 폴짝거리며 말을 걸었다.

"진짜 좋은 게 뭐게? 이제 랄프가 받아쓰기랑 수학을 잘하게 돼서, 우리가 크게 도울 일이 없다는 거야!"

"그렇담 모든 게 다 잘 풀린 거네."

페니가 말했다.

"그렇지."

수정액이 대답했다.

다른 필기구들도 환호하면서 맞장구쳤다.

집에 돌아오니 정말 좋았다.